只要你有一个好故事和一个可以倾听的人，你就永远不会完蛋。

"海上钢琴师"

江湖未止，我们，后会有期

我们，江湖未有期

李尚龙◎主编

作家出版社

图书在版编目（CIP）数据

我们，江湖未有期 / 李尚龙主编 . — 北京：作家
出版社，2016.9
ISBN 978-7-5063-9187-0

Ⅰ . ①我… Ⅱ . ①李… Ⅲ . ①故事－作品集－中国－当代
Ⅳ . ① I267

中国版本图书馆 CIP 数据核字（2016）第 238021 号

我们，江湖未有期

作　　　者：李尚龙主编
出 品 人：高　路
责任编辑：丁文梅
监　　制：华　婧　姬文倩
特约策划：姬文倩
装帧设计：仙境设计
出 品 方：北京中作华文数字传媒股份有限公司
出版发行：作家出版社
社　　　址：北京农展馆南里 10 号　　邮　　编 :100125
电话传真：86-10-65930756（出版发行部）
　　　　　　86-10-65004079（总编室）
　　　　　　86-10-65015116（邮购部）
E-mail：zuojia@zuojia.net.cn http://www.haozuojia.com（作家在线）
印　　　刷：三河市北燕印装有限公司
成品尺寸：147×210
字　　数：143 千字
印　　张：9.5
版　　次：2016 年 10 月第 1 版
印　　次：2016 年 10 月第 1 次印刷
ISBN 978-7-5063-9187-0
定　　价：39.80 元

那时我们有梦，关于文学，关于爱情，关于穿越世界的旅行。

这是一帮仗剑走天涯的江湖"萌友"

李尚龙

青年导演、作家，考虫英语老师，不想写鸡汤，想写流传很远的故事，可又被分类为鸡汤的郁闷青年，好在，梦想还一直发着光。

白冀恬

本想一心一意做好主播，不巧有机会与你分享我的故事。我的老师教我如何做好一个人，我想告诉你，活成更好的自己。

从生活中感悟播音，从播音中体会人生，没有无缘无故的成功，成功的定义全看心情。

柯尔特

命自我立
谋定后动
一个骨子里是汉子的伪学霸妹子
土生土长的北京"老炮儿"姑娘

郭怡

敢爱敢恨
敢说敢做
说走就走
有故事还有酒
多元角色的创业者
奔波四方的"坏"姑娘

孙晴悦

想要诗和远方，也想要结婚生子。
纠结的天秤座女生浪迹于拉丁美洲。
关注同样在路上的男生女生，以及二十几岁的可能性。

李楠

愿平静有所期待，
愿离开世界前，
用尽全力感受它，
我～游荡天涯海角的旅人。

这是一帮仗剑走天涯的江湖"萌友"

左微

爬过了，不是娶了性别的女博士，
当着主持人的大学教师，
拍视频、做演讲的专栏作家。
在西雅图，看云卷云舒，写学术文化。

黄竞天

不想当电影导演的编剧不是个好
什么。就这么简单。

杨熹文

我不仅仅是一个姑娘，
我是一个 南半球的姑娘，
我是一个住在房车上的姑娘，
我是一个用马克杯喝红酒的姑娘。

袁立聪

一个历史围观群众，就是爱历史爱到骨
子里啊，幻想用幽默的手法，将历史变
成一个个不无聊的段子。

李尚晶

一直坚信女人当有男人的刚强和果断，
男人也当有女人的坚忍和容纳。
我是李尚晶，一个心怀世界的姑娘。

周宏翔

十八年重庆、四年杭州、四年上海、漂
至北京，一生收集故事，做一个转述者。
一生爱好创作，做一个造梦人，待过外
介，开过学校，如今恢复自由。

目录

Action：故事开始前的那一页

向前跑——付出所有青春，不留遗憾

我拿弹弓打死你 //002——李尚龙

没有胜者的选美比赛 //015——白冀恬

留疤的伤口终究会愈合 //040——柯尔特

奔波四方的"坏"姑娘 //064——李尚龙、郭怡

你曾经靠近过梦想，还是靠近过爱？//091——孙晴悦

边境的颠沛流离 //111——李尚龙、李楠

西雅图，漂洋过海来看你 //140——左微

目录

停住脚——等待日出时最耀眼的瞬间

赌城女孩水晶 //170——黄竞天

小董的二十啷当岁 //194——李尚龙

阴影楼 //206 ——杨熹文

太姥爷的笑着活 //231——袁立聪

一个伤疤，一些人，一座城 //249——李尚晶

你差我的那句再见 //269——周宏翔

Action：故事开始前的那一页

各位好，我是李尚龙。

这本书，是我第一次主编的作品，大部分文字都出自我的朋友，那些对我生活有着影响的人：那些生活在北京上海的友人，浪迹在丽江西藏的过客，求学在美国巴西的浪子，还有那些定居在遥远地方的陌生人。直到今天，我依稀记得他们的潇洒和自由，时常想起他们的友善亲切，我群发出短信，问要不要一起写一本书，他们几乎同时的回复：好的。

江湖道义，有时候很难用人性或者法律解释，这些年行走江湖，有时候就是一句话：你这样的朋友，我交了。其实，每个

爽快的江湖人，背后都有着一段不为人知的故事，我想，能否让这些故事真相大白地浮现在水面，让更多人看到？

他们是我的兄弟、是我的朋友，是我最亲密的伙伴。我们有个共同的名称——龙影部落。

这群人爱好读书，喜欢电影，他们走得很远看得很广，更希望把日子活成诗，用诗去见证远方。

这次我没有请名人，请大腕来捉笔，因为，小人物也能在大时代里有着动人的故事，就像这十三篇故事，十三段江湖。

2012 年，我的双胞胎姐姐第一次和我分别，她去了美国波士顿读书，第二年，波士顿马拉松爆炸案震惊世界，爆炸发生时，她就在现场，听着恐怖的爆炸、惊人的嘶喊，几天后，她在朋友圈里写了一句话：谢谢上帝能让我拥有那么美好的生命。

我的兄弟小楠，从部队退役，只身一人去云南支教，为孩子们摘野菜的时候被缅甸政府军抓住，政府军怀疑他是为同盟军

打仗的叛军，在监狱里被关了四十五天。牢房外每次脚步声响起，他都感到希望，又慢慢地变成失望。幸运的是，他没有绝望。经多方努力，他被解救，回到北京，他拿起酒杯，每次都会喝完，他告诉我：活着就好，其他的，不重要。

　　我的朋友熹文在新西兰读书，她爱好写作，更爱好生活，我曾经问过她，你在那里读书这么多年，最深刻的印象是什么？她说，应该是阴影楼吧。什么是阴影楼呢？她说，你有没有想过，一个一无所有的女人，移民到一个从未生活过的城市，没有老公，没有孩子，只有一套房，一面朝着阴，永远没有光。她继续说，像她的心一样，永远有一块阳光无法照到的地方。

　　还有很多在国外的朋友，参与了这本合集的创作，刚认识晴悦时，她二十岁，比我大一岁，那年她在央视，我刚从军校退学，一年后，她去了巴西，和男朋友分手，而我去了美国，也和女朋友说了再见。走之前，她跟我说，尚龙，我这辈子可能最遗憾的，就是没有一段完美的爱情，但我相信，会有的。几年后，她定居美国，我在电话中问她，如果让你写一段爱情故事，就发生在巴西，你会怎么写？她愣住了，说，让我写给你看。

　　其实爱情永远是青春期里最永恒的主题，许多时候因为残缺，所以美好，因为我们很少看到白头到老，很少相信相伴终生，慢慢地，我们会忘掉爱情其实能很美好。左微姐是西雅图中文电台主持人，和自己的外国男朋友长跑八年，终于走入婚姻殿堂，当她提笔写下她的爱情故事时，我在电脑边，眼睛不停地湿润着，原来每份完美的爱情背后，都透着深深的努力，这是我见过的最美的爱情，最努力的彼此。

可是，不一定每分努力，都有回报，也有可能是比赛机制出了问题，就像电视比赛，我们都看电视，都喜欢美，可谁也不知道背后的故事。小白是龙影部落的主持人，她在讲这段故事时已经平静了许多，可是，许多情节却很难让人一笑而过，我问她，为什么现在能看得这么淡？她说，毕竟，当年虽然输了比赛，但我有了更好的生活，我爱现在的生活。

是啊，我爱现在的生活，无论过去发生了什么，即便童年经历过伤痛。我把我们编剧柯尔特叫到身旁，我问她，你敢写吗，关于你的童年？她低着头喝完桌子上浓浓的一杯黑咖啡，咬着牙，说：写！我让她把那层伤疤揭开，感到疼了，再写，我承认自己残忍，毕竟，很多作品，只有自己疼了，才能表达出真实的共鸣。之后的一周，她写着写着，忽然发现，伤口虽然有疤，但伤口终究会愈合。写完后，她把稿子交给我，在我面前深深叹了一口气，说，龙哥，写完了，谢谢你让我想起来那些细节。我看着她，问：放下了么？她看着我，轻轻地说了句：喝一杯去吧！

这些年，我喜欢喝酒，因为每次喝酒，都能想到过去的事情，喜欢两个人面对面坐着，把彼此的故事分享给彼此听，就像那次喝完酒我们几个忽然决定去西藏，在半路见到小怡，她当机立断跟我们进了藏，路上给我讲她奔波四方的故事；就像我第一次见黄竞天，我们聊到那个又亲切又难忘的澳门姑娘；就像我第一次看到袁立聪喝多，流着眼泪讲着他太姥爷的故事，那段关于换代关于历史所经历的大江大浪的几十年。

　　一本合集，十三个故事，有我的，但大多都是朋友的，我想让他们亲自把自己的故事写给你们看，每一个故事，都是一段难忘的回忆，都可以变成一部电影，变成一本小说。世界可以很大，你可以去看看，生活可以很苦，但毕竟你活着。

　　别人的故事，总能让你了解远方，看到更广阔的世界。

　　我们都爱着生活，因为爱着生活，所以，我们想把日子活成诗篇，把生活过成乐章，然后，写出人生最美的旋律。

向前跑

——付出所有青春，不留遗憾

扫码与作者面对面

我拿弹弓打死你

　　有弹弓的青春岁月，就像是有黄金一样。再用虚伪和不真实对待这个世界，我一弹弓打死你。嘿嘿。

文／李尚龙

1

　　"你他妈在快车道开这么慢，真想弄死你尿的，当心我一弹弓打死你。"

　　健哥给我第一印象，就是这样，粗俗野蛮，直截了当，随时想把人用弹弓打死。

我说，哥，你这简直是路霸啊。

健哥说，我是个屎路霸，这家伙才是个路霸，占着路不并线，我今天非教训他一下，让他下次记得开慢车要走右边。

于是，健哥的这辆改装过的越野吉普飞快加速，很快就并线再并线顶在了"路霸"的前面。健哥迅速把速度降到三十迈，后面的车立刻踩刹车按喇叭，可健哥却慢慢悠悠地在前面开着。

那人终于向右打了方向盘，进入了慢车道。

健哥呢，一路陪着那个人，和他速度一样，只要他并到左车道，他就挡在他前面降低速度，磨磨叽叽地逼着他走右边。直到那人出了高速。

我问他，你这样有意思吗？

他说，我们这些玩儿车的，最恨别人马路上不守规矩。我这还算好的，上次有个哥们儿开一商务车乱并线，我们几辆车夹着那个哥们儿走了三十公里，就不让他出高速，后来哥们儿傻了，摇下车窗给我们道歉才让他走。

我惊呆了，看着他。

健哥继续说，新疆这个地方，有时候无人区多，人不守规矩，就总要有人来维护一下，要不然这地方不就乱了嘛。

我点点头，也是。

车辆飞驰在伊犁的连接各个兵团的高速上，周围挺荒凉，偶尔能看到绵羊在路边悠闲地吃着草，远处，是荒凉的大山和一望无际的沙漠。高速上车辆不多，只是到了晚上，偶尔能看到一些司机会车时依旧打着远光灯，对面的车辆疯狂地按着喇叭，对方才关掉远光改成近光。

新疆，这个我出生的地方，这次，我才开始真正地了解这里，倾听这里的故事，听到健哥的传说。

2

健哥出生在伊犁的一个兵团里，那里生活贫穷，小的时候，他们记忆最深刻的，就是这个"吃"字。

他们吃过草根，吃过骨头，吃过树皮。

那时的孩子，家里没饭吃，家长就放他们到处跑，有的去偷鸡蛋，有的去偷别人家母鸡，健哥说，那时他的朋友们看着路上跑的猪，就想冲过去吃了它们。

九岁那年，他和几个朋友出去跟人打架，他下手狠，把别家的孩子打伤了，被警察关了两周，出来之后，他想架还是要打的，可还不能再被别人抓了，怎么办呢？

于是，他开始练习弹弓。

弹弓的玩法很有意思，一个结实的树杈，加上一根弹性好的皮筋，就能把别人家的母鸡打飞，把别人家孩子的脑袋打破。

这一玩，他就玩了三十年。

如今，健哥四十岁了，手上已经有了九把弹弓，每一把的用途都不一样。他说这一把是用来打野鸡的，这一把是用来打野兔的，这一把我曾经三十五米爆头一只猫头鹰，我还发了朋友圈，一年后别人告诉我不能再打了，再打要坐牢啦，我就赶紧删了朋友圈。

他说得很自豪，就好像他拿着的不是一把弹弓，而是一把黄金。也是，对他来说，有弹弓的青春岁月，就像是有黄金一样。

后来，健哥的朋友都去当兵了，他不喜欢被束缚，最终没有去当兵。

父亲问他，那你以后想干吗？当混混继续跟人打架？

他说，不知道，反正不当兵。

父亲让他滚出去。

于是，他开始合计，到底什么赚钱。

那几个月，他找了个学车的教练，通过喝酒抽烟跟人把关系搞好，借了别人的车练习，考了驾照，忽然发现自己非常喜欢车。于是，他开始研究车的构造，时常把借来的别人的车偷偷改造一下，再还给别人，后来别人开着开着发现马力怎么加大了。他在一旁傻笑不语。

那时，新疆的深山没人去，路况不好，加上有时候人心险恶，盘山陡峭还时常有落石和泥石流，于是运输公司出高价聘请愿意进深山的司机。

健哥听说能赚钱，就立刻报名进山了。

他开车小心谨慎，很少跟人找碴儿，他说，无人区里，没有法律没有规则，只有人心和道德束缚，人心坏了的，在里面就是野兽，没人惩罚他们，有时候人没了都不知道怎么没的，所以全看人心。

有一次他在深山里遇到几个人抢劫，对方五六个人拿着刀让他下车，他想，下车后肯定命都没了。

于是他一脚油门冲了过去，哪知道其中一个竟爬上了车，从卡车后面缓缓地向车头爬来。

当那人从车顶拿着刀逼近驾驶座时，健哥摇下车窗把喝完的空酒瓶猛地砸到那人脑袋上，酒瓶碎了一地，那人从卡车上滚下来，滚到路旁。

健哥本想一脚油门一走了之，后来一想荒郊野岭，路途险恶天气还寒冷，于是他从后视镜看了看其他人是否追了过来，在确定没人后，他停稳卡车，从卡车上跳下来，把这人扶到一边，看那人头破血流，手脚骨折，好在没有生命危险。

健哥看着他，上去一巴掌，嘴里喊着，抢劫抢你妈，死尿算了。

然后开上卡车，扬长而去。

3

"217国道据说是中国最美的道路之一，从独子山一直到库车，每年十月到次年五月大雪封山，几乎没有人前往，你哥在那里跑了八年。下次有机会，哥哥带你去看看，你在口里（内地）肯定看不到，对了，还能看到天山，美的哟！"

健哥说这话的时候，笑得很开心，脖子上戴着一条重重的金链子，他使劲地转动了一下那条黄灿灿的东西，仿佛在炫耀着自己现在的生活。

一次大雪封山，他的车轮陷在雪里拔不出来，山里没人，他点着发动机，靠车里面的暖气维持着生命。那天，他饿得不行，就把带着的仅有的一只烧鸡吃了，等了一天一夜，没人来，只听到雪狼在嗥叫，他把车灯点亮到最远。晚上，暴风雪像哭丧似的落在车上，他又饿又冷，又不敢上厕所，因为怕热量流失冻死在车上。

有时候他恍惚中仿佛看到光亮，就想，自己可不能就死这里了，真划不来，还没找到女朋友呢，自己的种还没播撒呢。

幸运的是，第四天，一辆载满乘客的客车从山上下来，他拼命地呼喊，司机竟然停下来了。他冲上车，发现乘客几乎都是维吾尔族人。他们不会说汉语，健哥也不懂维吾尔语，他用手比画着说自己要吃的，维吾尔族人听懂了，纷纷拿出食物和水给他，有人还递给他烟。

忽然一个维吾尔族小伙站起来，看了看陷在雪地里的大卡车，又对车里的人讲了点什么。只见更多的乘客站起来，走下了车，他们有人喊着节奏，有人拉有人推，还有人用绳子捆住保险杠使劲拽。就这样，卡车被拉上来了。

健哥说这是他这辈子最感动的一次，也是唯一一次被感动到流泪。

他拿着别人给他的馕，不停地跟车上的人道谢，然后目送他们离开。

后来，他告诉我，这条路他又跑了五年，在独库公路上前前后后共跑了八年，也就是这八年，让他从一个穷小子变成了一个富人。

说到这里，他又整理了一下他的大金链子，说，然后就有钱了，结婚了，还有一个小宝贝，很幸福。

跑大巴的后五年，他经常在路上看到一些车陷入了泥巴地、雪地里，看到一些车抛锚、爆胎，他一定会停下来帮这些人渡过难关。

我问他，你停下车，不怕遇到坏人啊？

"哎，将心比心嘛，哪有那么多坏人，就算有也不怕啊，我一弹弓打死他！"

4

健哥有钱后，自己开了一家运输公司，生活也趋于平静。他白天上班，晚上陪孩子，可他从不给孩子报补习班，虽然补习班是当地必须上的。

他的观点是：补习个屁，这么小补习个啥嘛，现在不玩还要等以后老了玩啊？！

周末，他时常跟一帮朋友带着家人去深山探险找刺激，他们开着自己改装的越野车，自己开辟道路，有时候车开不动了就把车停到一边骑马出发。

我问他，不怕出危险吗？

他说，人这辈子就短短几十年，你们喜欢玩游戏追星看电影，我觉得没意思，进深山多刺激，能贴近自然，这样才玩得嗨。

我说，你不怕有狼吗？

他说，有狼好啊，刚好我一弹弓打昏它捉来玩玩。上次我打了一只松鼠给我女儿，她养了三天就养死了，我真服了她。

他继续说，这次你来得比较仓促，下次等你有空，我带你去北疆，我们花一个星期深度游，肯定比你在家里天天上网难忘，保准能让你记一辈子。

我说，好啊，到时候我一定来。

我忽然觉得自己像是从乡下来的，什么都不懂，看着边上这位五大三粗的大哥，觉得世界真的可以很大，每个人都可以有各自有趣的活法。

于是我问，健哥，你会让你的孩子一辈子留在新疆吗？

他笑着说，前些天我带她去台湾转了转，过些日子我还要带她去国外看看。我会多带她去一些地方看看，当父母的只能做到这样了，剩下的，她想去哪里就去哪里吧，她开心就好。

这一路的彪悍，只有在此时此刻，我从他眼睛里看到了慈祥，看到了他柔软的一面。

我们到了霍尔果斯口岸，临近一个停车站，他说，尚龙，人太多，下车照些相，然后我们就走。

旅游景点里从来都是人满为患，停车场里车多人挤，我们找了半天，才找到停车位。

下车前，跟健哥说，照两张相就回来。我刚准备下车，忽然看见一辆宝马横着停在了旁边两个车位上，一个负责停车管理的维吾尔族小伙正努力表达着自己的不满，司机却没素质地说着脏话，说我已经停完了，大不了给你双份钱。

维吾尔族小伙用蹩脚的汉语说，你这样给别人带来了不便。

可宝马车司机依旧我行我素，甚至开始了谩骂，说着一些不堪入耳的话，不停地叫嚣着说自己跟当地的哪个领导人关系特别好。

我看着那辆宝马，再看看刚进来几辆车正郁闷地找着停车位，于是摇着头自言自语地说，这人真是个傻×。

我打开副驾驶的车门，跟后座的朋友说，这样，咱们拿手机给他拍了，放网上，让他嘚瑟，看他到底认识谁，给丫全捅出来。

我刚准备开门，健哥拉住了我，说，别惹事儿，新疆毕竟比较敏感。

我无奈地点点头。

他打开天窗，露出一个小缝，然后从副驾驶的杂物箱里摸出一把弹弓和一颗钢珠，瞄准、拉满，然后——发射。只听嘭的一声，宝马车的后窗瞬间被打碎。健哥像个孩子一样，赶紧缩了回来，一气呵成，毫无拖沓，在驾驶座上哈哈哈地笑。

只听刚才发狠的那位抱头大喊：开枪了！谁开枪了？然后慌忙钻进车里，打火逃跑，留下两个空的停车位。

我看着健哥，眼睛瞪得大大的，说，你太牛了！

他笑着说，快去照相吧，一会儿回来。

回家的路上，我依旧在感叹，不停地念叨着：你太牛了！

他一直笑而不语，最后只说了一句：这是放在现在，我要遵守法律，要是以前，我一弹弓打死他。

哈哈，我一定一弹弓打死他！

这一行，我听到了三次这句话，每一次，都是一个故事，每一次，都沉甸甸地透着一个硬汉用最古老的方式对待这个世界的混乱和对待这个时代的不公。

不过也好，一个人只要一直单纯着，一直不忘初心，无论他在哪里，眼睛总望着那片天。

5

临走前，我说有一些朋友一起来了，要不吃个饭。

健哥说，别麻烦了，下次你来，我们去山里吃烤全羊。我最不喜欢一群人在一起吃饭，说话口不对心，假情假意的，没意思。

我笑了。

他继续说，我可能有点粗俗啊，你们读书人别见怪。

我笑着说，哥，愿我到了你这个年纪，还能不忘初心，一直真实地活着。

他听完笑得很开心，跟我拥抱后说了再见，还约定等我下次再回新疆，一起进山吃肉喝酒。

我点点头，说，好。

晚上，我从伊犁回到北京。灯红酒绿的街道，繁花似锦的城市，我虽爱我的城市，可不太喜欢里面的虚伪和不真实。

忽然想起，曾经有人跟我说，人长大后，变得虚伪是常态，微笑着对待讨厌的人，说点假话混混日子很正常，因为每个人都是这么活的。

　　放屁！再让我听到他这么说话，我一定一弹弓打死你。

　　想到这里，我忽然笑了。

扫码与作者面对面

没有胜者的选美比赛

人和人之间最怕比较，那是丢失快乐最简单的方式。

文 / 白冀恬

1

学生时期总会追问：什么方式可以快速得到别人的认可？什么途径可以立刻找到自信？什么方法可以较快地让别人认识你？哪里又有成名的捷径呢？

大概公平起见，就只有比赛了，具体一点，就只能是选美比赛了，对于即将毕业的学子，更是孤注一掷，更是如法炮制。

我就读于全国最好的传媒学院中最热门的专业——播音系，是的，就是那个美女如云的播音系。

大四的我，为了证明自己，想通过比赛获得一份实习，甚至获得一份工作。当然，也想出名，在这个行业里，谁不想呢？

于是，我决定参加这个全球性的选美比赛。

当天，我报了名。

走进初赛现场，瞬间就遇到很多熟悉的面孔，这不是我同学吗？那不是我师姐吗？同校、同班，竟然还有同寝室的！

才知道在我们学校，有我这样想法的不在少数。

忽然，紧张、压力接踵而至，我开始觉得无法呼吸。

在人群中，我看到了室友小乔，她也看到了我，她有些惊讶，跟我说：你也来了啊？

我有些不好意思，虽要竞争但又怕伤了和气，于是，赶紧说：是啊，凑个热闹。

她笑笑说，好的，一会儿见。

我们两个这些年关系很好，常常一起上课，一起打水，一起逛街，甚至会一起聊男生的八卦。

许多时候，压力都来自于亲人、朋友，就比如别人家的孩子都上了辅导班，别人家的孩子都结了婚，别人家的孩子谁谁参加了一个比赛……

传媒圈有一句话"私下朋友，台上劲敌"，想到这，忽然发觉，看来我离这种日子不远了。

我想一直勇往直前，最终能站在最高的领奖台上，其实这里的每个人都这么想。

在一间类似798工厂厂房一样的大工作室外面排起了大长队，一眼望不到头，等走到头了，队伍又往左拐去，拐到左边，又向右弯去，队形就是一个大写的L再加无数个小s，让我瞬间有种当年参加艺考的穿越感。

艺考那年，我高三，来自全国的考生聚集到我的母校，每人不到五分钟的自我展示，这五分钟决定着你的命运，而等这五分钟，需要一天。

初赛那天也一样，早上八点，我风尘仆仆地到了，下午三点多才面试上。至于面试具体什么时间结束的我也不知道，只是听说有些同学晚上才到家。

娱乐圈，其实就是这样，人们只看到台上的光辉，谁也

看不到台下的遭罪，那些漫长的队伍、无聊的等待，都只为
聚光灯照向自己的刹那。

我，来自于播音的黄埔军校，这个选美比赛历届的冠
亚季军大多都出自我们系，这一份认可，也让我们这些
"继承者"们更加信心满满。一些人在等待时汗流浃背，
一些人紧张地背着台词，而我的同学在等待的时候，玩起
了自拍。

评委问的问题都不同，有些回答得很好，有些回答得结
结巴巴。

出结果的时候，说实话挺让我意外，有些说得很好的，
自认为很有把握的，竟然初赛都没有过。而有些说得很差
的，竟然能顺利通过了。

走进那个封闭的小屋，评委看了我一眼，问，你有什么
才艺？

我说，我会唱歌。

评委又仔细地看了我一眼，说，好吧，那就通过吧。

什么，难道不让我唱两句吗？

没有，的确没有。

为什么？

多年后的今天，我终于明白，第一轮评委只看谁漂

亮，至于所谓才艺交流，不过是一个话题，在你进门的刹那，露脸的瞬间，是否能通过初赛早就被定在了那一刻。

毕竟，这是选美比赛，毕竟，那是电视节目。

幸运的是，我和室友小乔一起直通复赛，可以免去后一项比试。我本应该很开心，毕竟免了一场比赛，可是，当我知道小乔能和优先入围的姐妹提前看场地时，那份开心，瞬间九霄云外。

人和人之间最怕比较，那是丢失快乐最简单的方式。

其实提前看场地并不能左右比赛，只是举办方知道我们是室友，故意让两个人得到不公平的结果，然后让所有人知道，因为同为寝室友，不同的结果必然能制造出矛盾点，这样，不免在我俩身上会多一些炒作的话题，收视率也会提高。

可惜的是，这些我事后很久才知道。

当媒体采访我，问，你室友可以提前看场地，而你没有，你有什么想法？

我谦虚地说：我不觉得我比她差，但她能获得这个权限，一定有比我更多的优点。

当媒体采访小乔时，她笑着说：每个人眼中都有自己的冠军，我想，无论结果是什么，我们都会是好朋友。

后来，节目播出时，我们两个的对话被剪辑在了一起——

我：我不比她差。

她：我们都是好朋友。

瞬间，火药味四射，矛盾爆发。

2

说是比赛，其实是煎熬。你不知道哪里藏着摄像头，你不清楚哪句话会被放大变质，你不明白哪个路人就是导演，你不知晓哪个要求是和比赛相关。

在训练营的十几天，每天都是比赛、演出、测验、活动，每一个细节都暴露在聚光灯下，我们不知道哪一段会被放在监视器里，有时连睡觉都要和衣带妆，十多天下来，身心俱疲，却还强作欢颜。

我对自己的表现还算满意，加上母校光环，直到最后一晚公布入围结果前，我都一直以为自己稳进决赛。

可是，当宣布结果时，我整个人都僵住了，那是我第一次不相信自己的耳朵，宁愿相信自己在梦中，一直以为名单还没有念完，以为那位老师漏掉了我的名字。直到老师说

"其他的选手，可以离开回家了"，我才如雷贯耳，清醒地认识到，这已经是事实了。

从公布名单到宣布被淘汰，整个过程我都笑得很开心，为入围的姐妹送去掌声，虽心乱如麻，泪水在无人时一定能夺眶而出，但却依然面带微笑，大气地鼓掌。

旁边落选的妹子尴尬地笑着，笑得都快哭了，大概这个结果也是出乎她意料的。还有一位落选的姑娘，直接大声叫好，她是澳洲区的冠军，我当时以为，她要么为入围者高兴得疯了，要么就是为了抢镜头。后来，她私下告诉我，听到那些完全不可能入选的名字被读到时，她心都凉了，与其鼓掌，不如痛快地叫出，让自己发泄出来。

那一刻，我忽然明白，我们中的多数纯是炮灰，只是为了衬托那几朵"花儿"，既然如此，还不如早点结束这一趟旅程，别再浪费大家的时间。

而进了决赛的人，谁又能确定她们一定会是胜者呢？

在回房间收拾行李的电梯上，我碰巧遇到了上几届的落选选手，这次来当观众。其中一位对我这样的落选者颇感兴趣，问我：我很想知道，对于这些天你付出的努力，结果却不太理想，你怎么想？

我能怎么想？鬼知道我为什么落选！这个比赛全是主管

评判，我怎么知道为什么？心里虽然这么想，但嘴里却说：
结果不重要，这几天的锻炼对我尤为宝贵。

她笑了，说：我去年也是这样说的。

我笑了，她也笑了。

她说：唉，别难过了，你不过是不适应这个比赛而已，
不代表你不优秀。

说完，她转身离开了。

这句话，我听到了三次。这是第一次。

望着她的背影，我的眼泪忽然夺眶而出。

那是委屈，还是难过？是感动，还是不舍？我背着包，
离开了那个比赛场地。

几天后，我回到北京，比赛后的失利早就忘到九霄云
外，我在宿舍里看着书，忽然，听到朋友说：你知道今年选
美比赛的冠军是谁吗？小乔啊！

这个结果，再次打破了我平静的生活。

3

比赛第一天，我们走进训练营，老师给每一位选手发号
牌，老师告诉我们，号牌就是你们自己的身份证，要保管

好，丢了就视为弃赛。

负责的老师把我们三十个姐妹分成五个小组，方便管理和分配任务。

也许是缘分，无论是站队、上课，还是吃饭，一个姑娘都在我旁边，她叫玉琪，是我的室友。她名字虽然秀气，但性格爽朗，我们一拍即合，成为了好朋友。

当晚是晚宴环节，大家穿着礼服、高跟鞋，争奇斗艳地交换着联系方式。这是一种自我介绍、互相认识，也是第一次暗中的较量。

晚宴要求大家身穿自己准备的衣服参加，当中还会有各小组的节目展示，隐隐约约中，我感觉到，比赛，开始了。

身在其中的我，被闪亮的华服包围，有几位选手竟穿上了范爷有名的龙袍、拖地高分衩长裙、修身鱼尾裙、珠片蕾丝露肩连衣裙、深V刺绣长裙……是浮夸，还是展示？是炫耀，还是表现？

那时我刚走入社会，还不太敏感于自己该如何挑选衣服，从小家里的教育就是以学习为主，衣服都是妈妈为自己挑选，真等到自己选择时，忽然脑子一片空白，思前想后，选了一件比较有中国传统特色的衣服。

　　小组展示上，每个组都要选一个代表即兴表演，到了我们这一组，所有组员都在推让，眼看大家把时间都耽误在互相推让上，为了不致冷场，于是我硬生生地挑起了大梁。

　　为了达到娱乐效果，我"丑化"自己，化身一位搞怪的主持人，一一介绍每一位华丽的组员，然后一起跳舞唱歌。

　　节目整体效果不错，也正是因为我及时地站出来，化解了尴尬，表演过后，我被推选为我们小组的组长。这也将意味着之后所有小组策划活动都由我负责，看似是一件好事，但无形中却把自己推到了顶峰。

　　可是，殊不知，飞得越高，摔得越狠。毕竟，没有期待，就永远没有伤害，所有的失望，都是因为曾经有过希望。

　　太早地暴露自己，最终的结果就是变成出头鸟，所有的炮火都将集中在你身上。

　　小乔组的节目表现也很抢眼。可聪明的是，小乔退居其次，让别人当组长。

　　她们组的组长，就是之前我提到过的被淘汰的澳洲区冠军。我打心眼里喜欢这个姑娘，外向，很有想法，有她在的地方，整个场子可以很快热起来，她是大家的开心果，我喜欢她是因为她总喜欢自黑，只有自信的人，才敢自黑。她似乎有说不完的话，她不隐瞒自己的想法，总喜欢说一句："我必须是冠军啊！"然后引发大家收不住的笑声。

她当上队长，想必理所当然，而在所有人都只注意她时，我却对小乔的谦让不解：这么好展示自己的机会，她为什么不往前冲？

之后的几天，答案揭晓，节目组请来了上一届的冠军，为我们的服装做评价，队长负责记录评价，然后送给其他老师。每个人的服装都被点评成：太偏于商务，太正统，太随意，太显老……而小乔的服装穿着，得到的是老师满意的点头。

送评价表的时候，我忽然明白，队长，不过是跑腿的，跑腿不会给自己加分，而穿着得体才会让自己加分，只有符合游戏规则，才能得到合理的加分。

可是，谁也没告诉我游戏规则，游戏规则是谁定的？

这游戏，太烧脑。

4

那段时间每天都有摄制组全程跟拍，摄影机成了我们最近的朋友，化妆品成了我们最亲的恋人，恰巧那段时间，我的皮肤过敏，加上睡眠质量差，脸上布满了小颗粒，但为了冠军，我必须配合，继续用这些伤害皮肤的化妆品腐化着自己的皮肤。后来，看所有人都一样，都带着浓浓的妆。

所有人都在讨好摄影师，甚至会深夜陪他们喝酒出现在他们房间，只为多几个好看的镜头，让世人留意。

可是，小乔有的时候并未化妆，甚至有几次连带队老师都看不下去，提醒她：你这妆容太淡了吧。

我私下问过她为什么，她说：不为什么，只是想低调一些。

既然都来参加比赛了，都来拼命争第一了，为何要低调？

许久以后，我才明白一个道理，当所有人都做一件事情，而你不做，表面是低调，其实正是与众不同。

那段日子，每天都像在飞，上午还在室内上课，下午可能就已经出现在动物园拍摄外景。回到房间洗漱完，一般都是倒头便睡。

我有两个室友，一个是玉琪，另一个叫王倩，总是嫌弃我打呼噜，我很不服气地说，你们才打呼噜。但其实，我们三个的呼噜声此起彼伏。

玉琪跟我很聊得来，王倩很开朗，性格也外向。我说脚很疼的时候，王倩就会提醒我，浴室里有宾馆提供的浴盐，用它泡泡脚会缓解疲劳，还主动帮我放热水，晚上还时常跟我分享一些护肤的心得。

她是学表演的，我们常会在一起讨论表演和播音的共通性，认识她我很开心。

多日的辛劳过后，将有一场总结性的汇报演出，每个小组的组长要提交节目策划方案，而我天性好强，当然希望做到最好，也希望自己组内的方案可以鹤立鸡群。那天，我们通宵熬夜，一直在和大家商量到底怎样出其不意搞一个surprise。

我希望多做给评委看，多让摄像机拍到，可是，深夜，摄影师早就睡了，而评委也不会出现在现场。回想起来，所有的努力，最终只能是让队友和自己受苦的无用功。

那天，我折腾到天亮，路过小乔的宿舍，她正睡得很香，而我只睡了一个小时。

第二天，每个队的表演都被呈现在了台上，我们打起精神用心表演，可是，小乔没有上台，评委打完分后，我开始找小乔。

小乔正在下面和几个观众坐在观众席，那几个人年龄很大，秃头黄牙，他们聊着天，只见她笑得很开心，似乎这个比赛对她来说一点也不重要。

5

比赛中的一天，我们体验游乐场里的极限运动，我和小乔被安排去坐极速过山车，我一直患有贫血头晕，医生提示我，说身体不允许体验这些高强度的设施。

于是，我找到节目组，问负责老师：我能换一个设施吗？

节目组老师冷冷地看我一眼，说：你以为是你家吗？想换就换？你要能找一个人跟你换的话也行，不过会对你的晋级有影响。

我不敢争辩，只能默默地隐忍，可看着眼前极速而行的过山车，我的恐惧感飙升，开始胡思乱想，甚至和同伴讲着话也变得语无伦次。

玉琪看出了我的担忧，就来跟我说，要不我们换一下，我的环节是大摆锤，虽然很快，但比过山车好很多。

我感激着点点头，说，好。

玉琪小声提醒我，可是，如果要换的话，你很可能进入不了下一环节，毕竟老师都看着呢，他们可不希望让一个不服从他们管理的人当冠军。

于是，摆在我面前的两条路，都在跟我招手。我究竟要不要赌一把，我究竟要不要放弃？

最终，我决定放弃，身体要紧。

就在我和玉琪更换名牌时，我看见小乔咬着牙，登上了过山车。

看着她从面前走过，我一咬牙，心想，不行，她都敢去，我也要豁出去！

恰在此时，一个选手在极限运动后突然晕倒，大家立刻跑向她，为她扇风、擦汗、喂水。而我当时就站在她的正前方，顺势蹲下扶起她的头，喂她喝水。

那段时间，每天高强度的训练，每天都会遇见新鲜事和第一次接触的人，几天下来，筋疲力尽，累到骨子里，有些选手很吃不消。

她嘴唇发乌，半天没有知觉，我抱着她，像搂着一面镜子，我的腿忽然软下来：算了，放弃吧。

我更换了游戏，这成了我最终被淘汰的致命原因：不听话。

有时我回想起这一段故事，就像电影一样，如果我当时再坚持一下坐了过山车，历史是不是就能改写？或者我能取代她，又或者，我连命都没了？

那天中午，玉琪突然在饭桌上抹眼泪，然后迅速跑到洗手间，可能旁人并没有注意到，但作为好朋友的我，连忙起身跟着进了洗手间，我以为是上午的极限运动让她不舒服。

在我一再地追问下，玉琪告诉我，她觉得压力很大，她以为本就是一段旅程，好玩有趣就好，但没想到整个气氛都好恐怖，每个人，无时无刻都在比，每个细节都在比着，每个人都要全力去讨好。好累，好累。

我不知道该怎么安慰她，因为我早快崩溃了，也只是一直在硬扛。

其实玉琪的眼泪，让我有些惊讶，她的经历很丰富，她从小就开始过集体生活，生活很独立，先是在国内上学，而后转学到国外，接着又在多所国外学校学习，现在跟朋友合伙开公司。她的简历，令我刮目相看，她的经历注定了她的坚强。

我真没想过她会哭，会哭得如此狼狈，而且原因竟然是因为压力，因为无时无刻的比较。而更让我不知所措的是，对于这种恐怖的气氛我一直选择不理不睬，做好自己。

但看到她这种反应，我开始怀疑，我这种态度对吗？我是不是有些过于自信，而漏掉了什么？

我越想越恐怖，越想压力越大，我抱着她，她抱着我，一起哭了起来。

6

擦干眼泪，比赛依旧继续。第二天，我们要上台走秀并进行即兴问答，头一天晚上，我把稿子背了好多遍，确定没问题后，熟睡了过去。

那时我是队长，也是种子选手，晋级可能性很大。

第二天早上，整装待发，看似一切都很顺利的时候，我的号牌却不翼而飞。

今天起床后，我明明放在化妆包里的，但是怎么找都找不到！

我忽然想起来老师说号牌就是自己的身份证，丢掉号牌就等于放弃了比赛，谁都知道这事的严重性，所以，到底去哪里了？

当时正是清晨紧急集合的时候，我问玉琪，玉琪吓了一跳，赶紧说：宝贝，你可别吓我啊，这个东西怎么能丢掉啊。

　　说到这里，她赶紧开始帮我翻床铺。

　　我转身问王倩，她看起来很焦虑，也很匆忙，她说：没见到啊，是不是在你包里啊？说完她就跑出去了。听着外面一遍遍的集合哨响，玉琪陪我焦虑着，寻找着，却还是不见号牌的踪影。我真的不知道该怎么办，如果现在告诉老师不就意味着自我放弃吗？玉琪告诉我，你先暂时隐瞒，中午回来再找找。

　　但这么明显的标志丢失了，还是没能逃过老师的眼睛。老师限我中午前找回来，不然就视为自动放弃。

　　中午之前，我和玉琪找遍了我们屋的每一个角落，还是一无所获。

　　万幸的是，一位办卡的老师又私下为我制作了一张，交给我时警告说：你太大意了，这么大意，怎么赢得比赛！

　　我无精打采地回到房间，懒懒地倒在床上，王倩几乎是惊讶着叫出声：你找到号牌了？

　　我心情实在不好，也没转头，就嗯了声。

　　之后她更是惊讶，似乎非常关心着什么：在哪儿找到的？

　　她的两次反常表现，引起了我的注意：你怎么这么激动？

　　没有，我就是好奇问问。找到好啊！

　　好一个表演系的！

瞬间，我明白了一些事，当时的我，心真的很痛，痛心于那些无法理解的陷害，痛心于那些无能为力的欺骗。有些场景，总以为只会发生在电视剧里，但殊不知，生活本来就是一部电视剧，情节、矛盾、虚伪在那种比赛的场合，被放大，被加重，被虚化，被上映。

我不敢直接质疑王倩，只是把自己的疑惑告诉了玉琪，玉琪说，就算是她，你能如何呢？没有证据，就算有了证据谁会为了这件事情帮你出头呢？忍吧。

好吧，从比赛第一天我就开始忍，忍到了现在，何时才是个头啊。

之后的几天，很多选手逐渐萌发退意，因为这么多天的相处，大家也看得出来，镜头对准的总是那些人，而大多数选手明知道自己没戏，却还依旧要笑着当"绿叶"，去衬托那些"花儿"。

我也开始打退堂鼓，而小乔，却忽然厚积薄发，越战越勇，她开始抢镜头，也开始积极地应对每一个环节，甚至做起了队长该做的事情。

而这时，许多人和我一样，早就丧失了斗志。毕竟，这是一场持久战，是一场拉锯战，笑到最后的，才笑得最甜。

我的最后一天，我们上台比赛，台下坐了很多观众，包括一些大腹便便、牙齿发黄的中年人，要么秃顶要么白发，我忽然想，这些老板来干什么？

小乔和他们交谈着，不知道在聊些什么。

我站在台上，完成了我在那个舞台上最后的一场比赛。

老师公布了结果，我和玉琪都没晋级，止步前三十强。

小乔和王倩一路披荆斩棘，杀入总决赛。

收拾完行李，我拉着箱子往出走，正巧遇到了帮我办卡的老师，他看到我，有些尴尬，说：走了？

我点头，他似乎还想说什么，可是欲言又止，擦肩而过。

忽然，他叫了我一声，说：小白，比赛结果别放在心上，这个比赛主观性太强，没晋级不代表你不好，只是……不太适合这个比赛而已。

我点点头，没再继续说话。

这是第二次，听到这句话。

人生有很多比赛，这只是其中之一，但却深深地影响着我，想忘却无法忘怀，毕竟，我的比赛结束，室友小乔还在前线厮杀。

回学校以后，我尽量让生活恢复成往日的节奏，面试、计划考研、找工作，觉得这一切很真实。

可那边的比赛还在进行，室友们同学们都关心着那个比赛，像是关心，又像是看着热闹。那一天，总决赛的夜晚，我们班全体都在为小乔拉票，小乔的男朋友更是开玩笑，发朋友圈说：我就一个一个看，看谁没有转发小乔信息，看谁没有投票，我到他家吃饭去。

我坐在电视边，看着那些曾经在一起的姐妹的精彩展示，谈吐自然，想想曾经的谦让，个个甘居人后，不就是为了不要那么早成为对方的眼中钉，只等到这一刻再努力绽放吗？

我不敢看完全程比赛，因为怕相比之下更加难过，于是转身离开。第二天，大家告诉我小乔获得了冠军，忽然，她在我眼里满是光环，高高在上。像是我如何攀登，都无法触摸到的高度。

朋友圈里，老师同学刷屏为她送去祝福。

生活里，似乎每个人都把她当成了偶像。

小乔，我该恭喜你，还是该嫉妒你？最重要的是，我该怎么面对你，我的室友？

7

幸运的是，她再很少回宿舍了，我们也很少见面了。

成堆的采访，满满的通告，堆砌着她的生活。

后来，小乔和男朋友分了手，理由是他限制了她的发展。

再后来，每年一次的比赛，一个又一个冠军的出现，又是一次一次的刷屏送祝福。

再再后来，我们毕业了，谁也记不得那个比赛，只会在茶余饭后想起，那时的热血，变成了谈资。

毕业后，据说小乔去了美国，很长时间才回来一次。

我进了一家媒体公司，两年后，我成为了这家公司的项目经理。我喜欢这帮人，他们和我一样，年轻、有朝气，疯狂却看着远方，这段故事，我也很少提及。

我把这段故事，讲给了一个叫李尚龙的家伙听，他笑着说，我给你介绍一个人吧。

那天，我跟他去吃饭，推开包房，映入眼帘的是一张熟悉的面孔，刹那间，我惊呆了，这个人就是帮我办卡的老师。

临走前，他跟我讲的那段话，我至今记忆犹新。

我记得和他喝了很多酒，说了许多话，他告诉我：小乔去了美国，王倩得了亚军，现在定居香港，还有许多姐妹也都有着自己的生活。玉琪去了一家公关公司，现在是两个孩子的妈，很幸福。我们聊了许久，忽然明白，我早已释怀。

老师拿起酒杯，和我说："小白，这么多年，真心不用把这个比赛看得那么重，看来很高大上的比赛，内部其实都是为了一个收视率，你没晋级，不过是你不适合而已。"

第三次，整整三次，一次不少。

我点头。

他继续说：所有的比赛都有事先告知，大多数选手都会事先准备，所有环节都是假的，屏幕里，没有真实；赛场中，也无胜者。

我好奇，问：可是，小乔不就是胜者吗？王倩不是胜者吗？

老师叹了口气说：既然是选美比赛，总要为了点什么，到了今天，你应该知道这个比赛是为了什么吧？

我震惊：为了什么？

你还记得最后一轮，比赛现场除了评委，还有谁吗？

我记得，还有些大老板和领导，那些黄牙大肚的人。

想到这里，我忽然后背发凉，毛骨悚然。我喝完杯中的酒，忽然理顺了所有的故事，两行泪刷地一下掉下来，我冲进厕所，干呕着，明白了所有的事情。

几年后，我知道了小乔一直生活在美国的一个富人区，被当年台下的一个已婚老板包养着，至今没有结婚。

我见到了玉琪，她告诉我，王倩因为两次堕胎，再也无法生育。

我不清楚她们身上发生了什么，那些故事，因为我没有晋级，或许我再也没法经历。

幸好，也再也不用经历。

8

那一年，我落选了，我成为了比赛的失败者，却过上了我想要的生活。

那些比赛，像梦一样，映入我脆弱的脑海。

几个月前，我遇到了真命天子，我们结了婚，现在的生活、工作、爱情，都是我想要的，平静而温暖。

几年后的同学聚会上，我再一次见到了小乔，珠光宝气的她，操着一口流利的英文，我们亲切地称她为"冠军"。

她笑着，就像是那天站在领奖台时的笑容。

我从远方看着她，她依旧放着光芒，美得让人想哭。

我端起一杯酒走过去，拍拍小乔的肩膀，说：小乔，这么多年没见，你还好吗？

小乔没说话，笑着，笑得有些尴尬，笑着笑着，她流下了眼泪。她拉着我的手，喝下了满满一杯酒，过了好久，她才慢慢地说了一句：如果当年，我用我的冠军，换你现在的生活，你愿意换吗？

音乐声音很响，"动次、打次"，光照在她的脸上，美得动人，美得凄凉。

我说：小乔，每个人都有自己的生活，我应该不会换。

这些年，上天给了我最好的安排，虽然没有赢得比赛，但我有了更好的生活，生活中处处有比赛，生活中处处有挑战，输了一场，不代表输掉永远。

一些没有赢得的比赛，或许更是胜利；一些有遗憾的结果，或许更是完美。

电视是一种艺术，艺术来源于生活，却高于生活，但生活是自己的，生活可以比艺术更真实。

留疤的伤口终究会愈合

> 她第一次明白什么叫自己敏感得异于常人，第
> 一次明白男人的动物本能都是什么样子，第一次明
> 白她压根儿还是一个孩子。

文 / 柯尔特

似乎每个少女在长不大的时期都相信自己是与众不
同的。

可是，随着平静的两点一线的日子，游走于家和学校
之间的生活总是规律地循环着，慢慢地，人也就意识到，

自己和其他人一样，并不是那么与众不同，也慢慢学会在无聊的日子里浮想联翩：比如从天而降个白马王子上演一出凄美的童话故事，抑或是遇到一段轰轰烈烈刻骨铭心的感情。

如果没有小甄的故事，我的青春，或许就这么平平淡淡下去了，可谁又能说，平平淡淡不好呢？可谁又知道，那种不平淡，意味着什么？

1

小甄是我的发小儿，从小穿一条裤子长大的交情。

姑娘打小就没玩儿过毛绒玩具和芭比娃娃，生日礼物也历来是刀枪棍棒斧钺钩叉；练过几天舞蹈后来就转行学了武术，混迹于各种师兄弟中间也毫无违和感；跟谁都喜欢论哥们儿讲义气，认下的朋友哥们儿就当亲兄弟一般以真心换真心；脾气轴认死理儿，认定的事就不会变。

这一点，和我一样，也和龙哥一样。

毕竟，这个江湖，性格一样，才能成为朋友。

许是因为这相似的脾气秉性，又或是因为从小金庸古龙的武侠小说看得太多，对于这种满身江湖气的姑娘我真是打心眼儿里待见。再加上家住得楼对楼，两家就自当是多养了一个闺女一般地处着，这么多年，从未变过。

小甄是一个骨子里都透着不安分且不服输的丫头，只要是她看不惯的人和事，就总要说上几句，她不喜欢遇事沉默，尤其是那些摆明了不合规矩的事，无论对方是谁，仿佛在她眼里就没有她怕的。

丫头这脾气随她爹也最听她爹的话，甄叔从我俩进学校的第一天就嘱咐我俩：以后甭管跟谁玩，不许欺负同学。但别人要想欺负你们，一定得回来告诉我。

他继续补充着：能不打架就不动手，真要打可不许打输了。

我想，也只有她的家长，这样教育着孩子吧。

二年级的时候，班里还流行着玩弹珠，每到课间一帮小孩就跟全世界只剩下这些花花绿绿的玻璃球似的一股脑地往外跑。隔壁班有个混不吝的男生一向仗着自己打架斗狠从来不把别的同学当回事，那时治安乱，他习惯于跟大孩子混，抢别人东西。

有一天他为了一袋子弹珠跟我抢了起来，转头看见这个画面的小甄冲过来拿起那袋子弹珠朝着那个混小子的脑门儿就是一下。那人哪里受得了这个气，马上叫着一群人走了过来，小甄不甘示弱，也叫了一群人，两边就这么"码"上了。

那是老北京的规矩，一言不合就"码"架，所谓"码"架，就是双方都能叫人，找一个地方，把一件事情说清楚，说不清楚，就打，打完自然不用说也就明白了。

那天，天昏地暗地打了起来，都是孩子，却都想变成英雄。若不是班主任及时出现，谁知道这场群架会打到什么时候。

虽然自从上学开始她就没少因为这棱角鲜明、见义勇为的个性被班主任找家长——毕竟在老师眼里小甄是个女孩，他们眼里，女孩靠男人征服世界，何必非要跟那些男孩子似的，靠拳头说话——可是，这丫头生得白净模样不差成绩好，再加上年纪又小，这点儿个性反倒更受长辈、老师们喜欢，他们时常原谅了她。

这么一过，就是十年。

十年后，我们再次见面，桌子上摆着两瓶红酒，丫头已经亭亭玉立，而我也成了大姑娘，我举起酒杯。

"当——"

一对"力多"红酒杯的杯肚相撞，发出悦耳的响声。

"好听。"

"那怎么着，再碰一下？"

还没等她回应，风忽然吹得半掩着的窗"咣当"一声撞向窗沿，虽没撞下几片泛黄的银杏叶，倒是把丫头吓了一跳。这似乎已经成为了一种习惯——后来，只要是跟我喝红酒，每次碰杯，小甄都下意识地接上一句"好听"。

"哪他妈有一杯酒碰两下的喝法。"

这丫头还是这样，一言不合这嘴里的脏话就止不住。

"丫头，好几年了，我一直都不敢问你，那事，你忘了吧？"

小甄突然间空洞地瞄了酒杯一眼，仿佛知道我要问什么似的，我耳边就响起了三个字：

"忘不掉。"

她继续说：可是，已经放下了。

这句话丫头说得难得的坚定而毫无犹疑。

但作为朋友，如果时间可以倒回十年，我宁愿小甄从来没有认识他。

2

如果你以为这是一个矫情的爱情故事，不好意思，你只猜到了一半。不矫情，也不算爱情。作为一个在中文系待了三年的人，我自诩对语言的驾驭能力不差，但即使是我，也难以给他们之间的状态用一个词来定义。

说是兄妹之情恐怕多少显得有点儿婊气，说是爱情我又总觉得这个爱过于狭隘，说是亲情这两个人又不染血缘。

后来我明白，这世上很多所谓的典故，都难用一个词写出，只是她的故事，更特殊更血肉。

甄叔和陈叔是当年技校的同学，两人从十五六岁的时候就一直在一块儿。论交情两家人也认识三十几年了。陈叔要孩子早些，所以陈家哥哥算是甄叔看着长起来的，像自己的孩子一样。

也许是因为各自父亲相熟的原因，小甄十岁那年和陈家哥哥第一次见面就觉得像是亲兄妹。两人虽然相差十四岁，但是小甄就觉得，跟这个刚认识的哥哥比和我这个从小一起长大的发小儿还有的聊，而一直说想要个妹妹的陈家哥哥对这个小丫头也是格外地喜欢。

于是就从那天在两个叔叔的酒桌上第一次见面之后，小甄就黏上了这个哥哥。

陈叔的爱人很早就过世了，后来续弦的阿姨再生的也是个儿子。虽然阿姨对小甄她哥一直很好，但毕竟有了自己的孩子之后必须分爱给另一个小生命。加上从小照顾她哥一直到初中毕业的爷爷刚刚过世，大儿子忽然变得没什么人关心，也变得冷冷冰冰的，陈叔对这个大儿子虽然疼爱但也不知道能弥补他些什么，所以就一直顺着他的心意，只要是儿子提出的要求从来没有拒绝过。

陈家哥哥于是混迹于社会，跟各种社会青年称兄道弟。

那时的北京，房价还不像现在这样吓人，在北京买套房还不是件难事，于是陈叔早早地就给儿子在二环边上买了套不错的两室一厅，不知是为了赎罪，还是因为太爱。好在这位大公子也不是什么纨绔子弟，靠着脑子聪明一直读成了陈家的第一个研究生。他在家虽然不怎么讲话，但从小脑子就灵光，读中学的时候就没少跟着他爹跟着长辈在外面闯荡，以至于别人在大学还指着家里供着的时候，他就有了自己的小金库。

有了钱的陈家哥哥，更加自由了。

所以对于她哥来说，从小就明白，早点接触社会是好事，毕竟他自己就是这么长起来的，可也正因为太早接触了社会，让这个故事，就这么顺理成章地进行了下去。

我们十岁那年，奥数的风头如火如荼，为了小升初考到一个不错的学校，我和小甄都开始了刻苦的学习。丫头从小数学就好，自从她拿了一个全国奥数比赛的一等奖之后，就抛弃了还留在奥数坑里的我，专心致志地跟着她哥到处见世面。除了在学校，我便很少再能在院儿里见着这丫头了。而甄叔他们两口子眼见着自己闺女拿了奖，初中有了着落，闺女又是跟自己打小看着长起来的孩子在一起玩，两人除了乐和，就是放心。

两个人工作依旧很忙，就索性把闺女从我家放到了离学校更近的陈家哥哥那边，这样，两个人更近了。

可能当真是从小就想要个妹妹的缘故，陈哥倒是敬业，一边谈着恋爱上着班，一边照顾着他这妹妹。

于是，丫头上下学的接送外加晚饭便都有了着落，周末甄叔来接闺女回家顺便给她哥放个假。这样的日子，平淡、规律着。我本以为这样的日子过不了太久，毕竟小甄和我一样都不爱平平淡淡的日子，可没想到这样的日子一过就是四年。一直到〇八年的银杏叶开始落下的时候，那一天我刚放学回家，我妈就跟我说，小甄刚才往家里来电话，说等我回家之后给她回电话，话语很急，像有什么事。

我急忙打了过去，那边沉默了两秒，忽然哽咽地抽泣从电话里痛苦地传来，她说：雨欣，你快来吧。

我赶紧问：你在哪儿？

她告诉了我位置。我挂掉电话，一头迷茫，第一反应就是，这丫头一定出事了，可是，她能出什么事呢？

我撂下电话，跟家里交代晚饭不回来吃了，那天下着雨，我穿着雨衣，直接朝着对面楼跑过去，雨水打在我脸上，我一点也没在意，我只关心，那边的丫头怎么了。

依照这丫头的脾气，若是撕心裂肺地嚷嚷着哭，我倒是喜闻乐见，毕竟这种假小子脾气的姑娘这么咋咋呼呼的样子，打小我也是见惯了。

但这种控制不住的啜泣加上止不住的眼泪我生平也就在小甄身上见过两回。这是第一次。

我推开门，小甄坐在地上，用手抱着双腿，旁边是陈哥，他一只手捏紧拳头，另一只手上拿着一把刀。

我吓坏了，因为，从来没见过这样的架势，我刚要问，陈哥回身跟我交代了一句"好好照顾丫头"，然后就转身离开了。

那一瞬间，我腿直软，心里不停地发问：到底怎么了？发生什么了？是你哥打你了吗？还是你哥杀人了？

陈哥重重地关上了门，而我终于有勇气开始发问了：

"我×！你这是咋了！说话啊！"

我们俩之前打过赌，姑娘家要少说脏话，谁先说谁就输了。若是平时的丫头，一定得让我愿赌服输地答应她个什么请求才能作罢。

我试图用轻松的口吻打破这种沉默，难过的是，失败了。

我蹲在她身边继续追问："大姐，是你叫我过来的，你她妈倒是说话啊，怎么了啊这是？你哥欺负你了？"

她咬着牙，抽泣着，又是一阵沉默。

我开始恐慌，开始害怕。

终于，打破这段长时间沉默的是还不如沉默的答案：

"昨天晚上……被强奸了……"

忽然，外面打了一声响雷，让我更加恐慌，又更加困惑。要问的东西太多，多到不知该从何说起，而最容易说出口的好像只有脏字。

"我×，谁啊？"

3

昨天晚上，到底发生了什么？

原来，陈哥有一帮哥们儿——是一群小时候在胡同里疯玩的比他小几岁的孩子，千禧年之后，就看准了家边上的后海刚刚兴起没多久的酒吧街一片的生意，琢磨着一块儿在那边盘个店铺，于是在最初筹钱的时候因为陈哥条件最好，投了一大笔钱，后来才有了那个规模不小的酒吧。

于是陈哥也就顺理成章地成了酒吧的大股东。

而他们带丫头见的第一个世面，就是走进那家酒吧。

那个时候三里屯的太古里刚刚建成不久，优衣库还没有成为旅游景点，三里屯的脏街虽然红火，可更多的还是依靠着使馆区和老客人的生意。

而后海的静吧倒是依凭着乐队和北京胡同文化逐渐展露锋芒，慢慢形成了如今后海酒吧街的雏形。后几年虽然连带着金融危机的影响，但毕竟有着朋友介绍加上烟袋斜街的旅游文化，那一片生意着实不错。

小甄那个时候也就有事没事地经常到吧台转转。

可能是爸爸喜欢喝酒，遗传给了她，小甄天生就对带酒精的东西敏感，对于酒吧里的这些瓶瓶罐罐她也是真有兴趣。从各种洋酒的门类到各款鸡尾酒的制作配方，从红酒应该怎么品到器具应该怎么用，陈哥倒是教得仔细，小甄也学得快。

"喝红酒就没有拿着杯肚碰杯口的，除了白兰地杯你用不着拿手给这酒加温……你看这个杯肚相撞是不是比这杯口相碰听着好听多了？"

"好听。"

丫头倒是学得不亦乐乎。

好在老板们都是一群比她大的哥哥们，看她来了也都十分照顾她。以至于她平生唯一一次在酒吧跟人打架，用伏特加的瓶子划伤了人的事也都有人接着，那时的北京，像极了电影《老炮儿》的文化，只要认人，就算没钱，就没有摆不平的事。

好在陈哥外面朋友多，摆平得也快，不然要是让家里知道了，估计也就没有后来的那些事了。

至于酒量她自己倒是跟我吹嘘过：初一第一次正经喝酒就喝了半瓶黑方，居然还什么事都没有。但是第一次喝完酒之后，陈哥就非常严厉地对她说，在她成年之前不能在脱离她哥的视线范围之外喝酒——或许是荷尔蒙躁动了太多年，小甄这丫头要比常人敏感得多。不喝酒的时候谁也觉不出来，但一喝酒绝对要酒疯。

被陈哥当时严厉的表情吓着后，小甄这么不安分的姑娘在这件事上一直十分听话，从来也没有违背过这样的约定。

直到那次的聚会。

酒吧是"十一"开业的，所以每年"十一"假期都会例行请一圈生意上的朋友过去聚聚，小甄赶上过两次，这次酒桌上的人倒也认识大半。这丫头历来有主见也有脑子，尤其又赶上陈哥开完公司年会正在从郊区赶回来，一直谨记自己的底线且又知道这是个生意局，倒也乖巧得体，既没有像往常一样自来熟地打圈儿，也没有仗着都是熟人就论哥们儿无拘无束。

可是酒喝到半酣总要有机缘巧合的人来打破平衡，来的还是这一桌人都不想得罪的却喝多了的供应商，他看着丫头漂亮，就指名道姓地偏要让丫头替陈哥喝一杯。

常人永远无法跟一个喝多了的人讲道理，更何况这人是甲方，任凭陈哥的几个发小儿怎么拦都拦不住。

而小甄从不愿给人添麻烦，尤其是在陈哥的生意局里面，这点规矩这几年跟着陈哥转场子也是心知肚明。可她也知道这酒一旦开始喝了第一杯，恐怕就收不住了。于是她赌了一把，又喝了一杯，她赌陈哥马上就要到了，她赌她命好不会这么巧就出事的，但是时运不济，她赌输了。

一杯杯的酒灌下去，她开始没了意识，很快，那三个哥们儿加上供应商都开始没了理智。

她第一次明白什么叫自己敏感得异于常人，第一次明白男人的动物本能都是什么样子，第一次明白她压根儿还是一个孩子。恐惧，恐惧，还是恐惧，她止不住地抖，但是没有人会在意她。

那天晚上四个男人跟疯了一般折磨她，挣脱不了之后只有哭，不停地哭。

这一晚，她经历了无数的第一次，陈哥破门而入的时候，她几乎已经没剩下什么了。

"我觉得我自己特别脏。"

这是她用极小的声音从牙缝里挤出来的一句话，但我却被这句话压得喘不过气来。

陈哥用大衣把她包着，抱上了车，送回了家。但隔着这层大衣就是一个赤身裸体一丝不挂的女孩儿。整整一个晚上，他们两个谁都没有睡。她就那么静静地蜷在陈哥怀里，陈哥就那么紧紧地抱着她。

而陈哥，咬着牙，红着眼睛，不说话。

或许只有在那个时候人才知道言语是一个多么苍白而又无用的东西。

半晌，她说：你把我收了好吗？

她终于说出了心里的话，这些年她一直爱着他。可自己已经脏了。她不知道能做一些什么，只能仓皇地表白，像抓住最后一根稻草。

他说，他已经害了她一次，绝不会有第二次。

沉默，空气像结了冰一样。

她说，对于自己，生理上的底线有没有已经无关紧要。因为她认定了自己是不干净的。

可是，她不能再失去哥哥了，于是，她第二次请求。未果。

第三次请求。依旧未果。

他抱着她，越来越紧，却什么话也没说。

第二天早上，陈哥带着她去做了检查，之后还约了心理医生。接着，他把丫头送回家的时候说他答应过叔叔会好好照顾她，但是，他食言了。此后，他再没有照顾她，此后，他们再也没见过面。

因为，他会去处理昨天晚上的事情。

然后，我到了她家，看着陈哥拿着刀离开。

当这一切经过被逻辑清晰地表达出来的时候，我浑身的汗毛都为之一凉，久久无法自拔。

有些事情不亲身经历可能永远无法感同身受，但光是听，就足够让我胆战心惊。

除了抱着她之外，我竟不知该如何来安慰她。

听着这段毫无语调变化的描述，我酝酿了无数次的脏话，但再也没有勇气去说她半句，此时此刻，或许只有陪伴，才是最好的良药。

那年，我们十四岁。

小甄，你以为你见过的世面多了看过的东西多了就能经受这些吗？真是天真。

说到底作为一个十四岁的孩子，你压根儿还只是个孩子而已。你想要的那些惊心动魄你根本就经受不起，而且也本不该是在这个年纪承受的事情。

这事之后丫头病了一场，高烧，打过吊瓶之后才有所好转。病愈之后，丫头说，想哥哥了。

一个多月后，我带着她去找陈哥开的那家酒吧，酒吧一直关门，半年后，酒吧被拆掉，换成了麻辣烫。

直到今天，她再也没见过那天晚上的任何一个人，每次喝完酒，没人能碰她，一碰她就喊，但是他再也管不住她喝酒，因为，他们再也没见过面。

直到今天她还是本能惧怕肉体的欲望，男生过分的亲密让她不知所措，哪怕是在酒后仍然无法令她放松。

一个孩子在童年时期所形成的阴影总是那么永恒，或许，那伤痕一直在流血，或许，永远无法弥补。

4

事情发生的一个月后，陈哥生日，这些年的生日都是陈哥和她还有朋友们一起过的，而这个生日，竟然是如此的冷清。她拨通了哥哥的电话，那边是忙音，嘟嘟嘟的，像是那时她的心情。

她习惯性地挂了电话，因为，已经习惯了没人接电话。

一个月了，他们没有了联系。

丫头谁也不联系，开始茶饭不思，我时常陪着她，也不说话，就默默地蹲在路边，也就是那时，我们学会了抽烟。

但要命的不止我们，连小甄的爸妈也觉出闺女好像哪儿有点儿不对劲。

事情越来越瞒不住，直到有一天，小甄听到了爸爸和妈妈的聊天。

爸爸说：这么好的孩子，怎么做了这么冲动的事情。

妈妈说：别让小甄知道，会难过的。

爸爸放下报纸说：这孩子也消失好久了，电话没人接，真希望他能顺利跑掉……

晚上，趁着爸妈睡觉，小甄偷偷拿来报纸，上面几行字映入眼帘：北京后海街头深夜，两帮人斗殴，一死三伤，死者为当地知名红酒供应商，受伤三人均为死者生意伙伴，疑似利益分配不均导致斗殴，尚有一名疑似凶手的嫌疑人在逃。

看到这儿，小甄的眼前一片黑，晕倒在地上。

5

2014年，那年，我们二十了。

三里屯的酒吧街已经发展得比后海好很多，我们坐在三里屯的一家酒吧，点了两杯红酒。

"当——"

酒杯碰撞的声音。

"好听。"

我看着小甄："喂，实话说我真是不明白这人值得你要死要活的这么多年不找男朋友吗？"

"你知道吗，活着的感情都会随着时间的流逝而慢慢变淡的，但是死了的不会。死了就是死了，停在那儿了，感情不会变了。我有的时候挺庆幸他死了的，真的，就我这个成长速度和眼界，他要还活着，我也许早就不那么看得上他了。我原来总觉得他是我这辈子见过的情商最高的人了，可是现在看来可能真的不是。我进入青春期躁动的第一天，他就在，所以还是死了的好。死了就完美了，死了就只有记忆了，死了就再也不会变了。"

"得，不知道的还以为你他妈学的是哲学呢。"

曾几何时，我们都学会了说脏话，开始打扮成大人模样，学会了无限制地喝酒，终于，再也没人限制她喝多少酒了。

有的时候真怕她不愿意走出来。

可是，她说的不错，人也好伤也罢，总会被时间冲淡，伤若太狠，虽不会忘，但能放下。伤口会好，留疤而已。

那天，是小甄看到报纸的第三天，电话铃响起，一个陌生的号，却是一个熟悉的声音：丫头，你在哪儿？

小甄吓了一跳，喊了出来：哥！你在哪儿？

电话那头，一个沧桑的声音，是陈哥，也是那个正在逃亡的人。陈哥说：小甄，我给你寄了一封信，收信人是你，记得查收，记得，别给任何人看到。

小甄在电话里追问：你什么时候回来？你为什么这么傻，报警就行了，干吗非要杀人，你为我杀人值得吗？你疯了吗？

陈哥许久没说话，挂电话前，他只说了一句：小甄，如果有来生，我娶你可好？

你混蛋！谁允许你说来生，我要今生，我×，你给我回来！

接着，电话被挂断，那是她最后一次听到陈哥的声音，她坐在地上，泪水不停地流。

再打过去，只剩无人接的忙音。

几天后，警察来她家调查情况，她才听说了所有的经过，才明白，陈哥的朋友都已平安出狱，杀人和伤人的，都是陈哥，他一个人杀了一人，伤了三人，这四人正是施暴的四个人。

伤了的三个人，康复后，离开了北京，去了南方，从此再无音讯。

而他，畏罪自杀。

又过了几个月，后海那边他们开的酒吧被拆掉，换成了麻辣烫。我去她家时，她已经不太爱说话，一个人安静在家，眼泪刷刷地掉。

　　我的确没有丝毫的发言权去安慰她，也不知道该怎么安慰她，谁遇到这种事情，能悄然无声地微笑着说：顺利遗忘。

　　有天，我陪着她在家里写作业，忽然快递来了，快递小哥递过来一封信，署名，正是已离开这个世界的陈哥。

　　她看完信，疯狂地哭了起来，冲进厕所，像要呕出自己的灵魂。

　　这是我生平第二次见她哭，那年，我们高三。

　　后来，陈哥一家搬走，从此离开了她的世界。

6

　　小甄：

　　你收到这封信的时候，我已经在世界的另一端了。

　　这些年，我们形影不离，我不知道我是爱你，还是把你当妹妹，可惜的是，还没弄清楚这些事情时，我就必须离开这个世界了。

　　对你造成的伤害，是我从来没想到的，对不起，我不应该把你带进我这个圈子，应该让你快乐地成长，可是，我错了。

那天，我拿着刀找到了供应商，他背景不一般，家里和公安局有关系，他告诉我：你就算告了我，也没用，我家有的是钱。你告赢我了，事情传大了，对那姑娘更不好，她从此名誉扫地，何况，你告得赢我吗？

我不想再让你受第二次伤害，于是选择跟他茬架。

茬架当天，我兄弟多，带了二十多人，他那边加上那天晚上在的几个人，总共也就七八人，冲到最前面的就是那四人，我们都以为我们会点到为止，不伤了性命，殊不知我兄弟下手太狠，一刀捅死了他，也砍伤了那三人。

可是，他才大四，马上就毕业，我不能毁了他的前程，我把刀上涂满我的指纹，这事儿，总有人要扛雷！

事因我而起，只有我能扛。

我们统一好了口径，说都是我干的。

我想，只有我死了，才能结束所有的罪恶。只有我死了，你才能重新开始生活。

所以，忘了我吧。

只要记得，有一个人爱过你。

陈哥

7

日子还要过，就像我们终究会长大。

直到今天，她可以不过自己的生日，但是有两个日子是她每年都会叫上我陪她过的：一个是陈哥的生日，一个便是陈哥的忌日。

每年的这两天她都拿着一瓶酒，我远远地看着她点上三根烟，默默地一边看着烟燃灭一边喃喃地自言自语。

轰轰烈烈，刻骨铭心，我常想，把好好的日子过成演电影似的，有什么好？可是，她又能如何选择呢？

那天，她攒了一个局，局上，我认识了一个挺有才的哥们儿，叫李尚龙。

他喜欢听人讲故事，他听别人讲故事时，不说话，只是默默地点头。那天，小甄讲完了自己的故事，我看见这家伙的眼睛里闪烁着泪花。

"要不要写一写？"他一边说，一边喝完一杯酒。

我说：好啊。

小甄瞪着我说：他是在和我说话吧。

他笑着说：没关系，跟谁说都一样，谁写也差不多。最重要的是，无论你们谁写，在你回忆的时候，记得，别那么痛，就好。

我们异口同声地说：伤口已经愈合了。

说到这里，我忽然很难受，狠狠地抽完了一口烟，的确，伤口早晚是要结疤的。

慢慢地，我们开始长大，学会了过好这一生，也学会了要用热血去过好每一段日子，毕竟，每一个受过伤的人，慢慢地都学会了坚强地活着。

虽然是伤口总会留疤的，但是伤口，终究会愈合。

奔波四方的"坏"姑娘

这辈子，再也不会这么疯狂，在最冷的日子开着车，听着歌，冒着大雪进藏了，幸运的是，在这最年轻的年华里，我疯狂过。

文 / 李尚龙、郭怡

1

第一次认识郭小姐，是在我的新书发布会上。

她是一个读书社团的负责人，抱着满满一箱书，让我签名。

我看着满满的箱子，说：谢谢你买这么多书。

她说：不是我买的，这是我们读书会的。大家都特别喜欢你，所以，你能不能别光写名字，给我们每个人写一段话呢？

我说：可以，写什么？

她笑着说：随便。

于是，我给她每一本书上都认真地写了两个字："随便"。

活动结束后，她问我能不能跟我走段路。我说：好。一路上，她跟我讲自己的身世，她是一个东北人，去成都读的大学，还没毕业，一个人来到北京打拼。因为行程匆忙，所以我并没仔细听，大概是一个颠沛流离的故事，大概是她去过很多地方，大概她经历了很多事情。

临走前，我问她：你住在哪里？

她说：我在三里屯的一家咖啡厅当经理，你呢？

我笑了，说：我也住在三里屯，可是我们的车满了，要不我给你叫辆车，这么晚了，一个姑娘回家不安全。

她笑着说：我没那么矫情，自己打车就好。另外，龙哥，我会经常骚扰你的。

那是个寒冬，我们开车行驶在北京的夜晚，后视镜里，我看到一个独立的姑娘，穿得不多，抱着一个箱子，在瑟瑟的北风中打车。

后来过了很久，我才开始认真地感受她一个人来北京打拼的故事。

2

郭小姐从小父母离异，独立得很早，高三那年，她从小城市考到成都，大学四年，她不安现状，一边上学，一边去外面兼职。

为了更好地融入圈子，她学会了说成都话，很久以后，我们在川藏线旅行，她操着标准的四川话给我们带路，并自豪地说：姐是四川人。

可是，圈子这东西，不是你想融进去，就能顺利融进去的。有时候，越想合群，越是失意。那几年，她参加过活动，当过礼仪小姐，主持过节目，当过导游，还组织过活动，她那躁动不堪的青春里，经历了一件件的事情和一个个的人，可惜的是，没有太多可以记忆一辈子的。

毕业那年，她报名参加"非你莫属"，舞台上，因为经验丰富，她游刃有余地回答问题。之后，她得到了去北京的机会。

同学劝她，说你目前在成都有这么好的人脉基础，也认识了这么多的好朋友，要知道，去了北京，可能什么都没有了。

纠结中，她开始迷茫，究竟是守住自己已经有的，还是继续去未知的世界探险？我遇到过很多女孩子，她们质疑我的观点，说女孩子和男孩子不一样，不一定非要去看外面的世界，在家里相夫教子更好。

可是，人这一辈子如此短暂。既然人与人的不同在于经过，为什么不去更远的地方探索未知，不去开阔自己的视野见更多的人？大不了从头再来，既然正青春，就应该义无反顾地走出去，为什么要拿性别去当挡箭牌呢？

那年冬天，郭小姐一个人，一张北上的票来到北京，她和几个公司的同事合租在三环边上的宿舍，开始了北漂的日子。

她工作刻苦，领导赏识她，给了她更好的资源和工资。那时我的新电影开机，想找一个咖啡厅拍戏，场地迟迟拿不下来，忽然隐隐约约地想起，她在咖啡厅工作。

于是，抱着试一试的态度，我打电话给她。

电话的那一边，她笑着说：龙哥，我帮你搞定，不要钱。

第二天，整个剧组都见到了这个姑娘，二十多岁，笑容满面。杀青后，她告诉我，为了批这个场地，她等领导等到凌晨。

我有些感动，问：为什么要这么帮我？

她说：为什么要问为什么啊？为什么所有的事情，都要有一个世俗的为什么呢？

3

那天杀青，我请郭小姐进组庆祝。

我见过很多姑娘，她们看到酒时都会连连摆手说自己不喝酒，然后拿着一瓶水无聊地待了一晚上。后来，慢慢地也就习惯了，只要有姑娘来聚，我都会点上一杯热水放在她跟前，接着，转身跟拿着酒杯的哥们儿喝去了。

郭小姐来了也是一样，我点了一杯蜂蜜柚子茶放在她面前。

她惊讶地看着我，说：龙哥，你歧视我呢，歧视女性是吧？

我一听来了兴致，倒上半杯。她大呼：满上满上，认识你们不容易，所以第一杯还是要喝满的。

我们唱着《斑马斑马》哼着《咸鱼》，很快都喝多了。

第二天，大家酒醒，摄影老于告诉我，龙哥，这姐儿们可以交；小楠告诉我，郭小姐根本不能算是女的，就是一爷们儿，是我们的爷们儿。

我告诉郭小姐，要不要以后喝酒都叫着你，毕竟，我们都不是坏人。

她笑着说了一个字：喝！

4

我很难想象一个姑娘，竟然被散养成这样：缺钱了就去赚，有朋友就去交，酒来了一定喝，有积蓄了就旅行。

她一个人去峨眉山旅行，一个人去成都上学，一个人来北京单枪匹马奋斗……

她活得很独立，很潇洒，没人能限制她的自由，限制她说走就走的步伐。她说，她想找一个男朋友，就是那种别拖她后腿的男人。

我问：什么意思？

她说：就是能陪我颠沛流离，能陪我走遍世界的那种人。

我问她：有过吗？

她说：谈过两个，后来不合适就分手了。

我说：伤心吗？

她说：伤心了一两天，后来一想，生命如此宝贵，哪有时间伤心。然后，就不伤心了。

我一口水差点喷出来，天啊，从失恋拔出来竟然可以这么简单。可对一个姑娘而言，"放下"两个字是多么的困难。有多少人，仅仅因为放不下，最终回不到现实，把自己葬送在了过去。

记得那个冬天，我心情低落到谷底，于是和小宋、小楠决定奔赴西藏。出发前的一个晚上，我去三里屯买一些东西，偶然撞上了郭小姐。

她问我：你干吗去？

我说：我明天去西藏。

她说：卧槽，你这么潇洒。

我邪恶地笑着说：要不要一起？

她看了一眼手机，给了一个惊人的回答：去！

5

她买了和我们相同的航班，在去机场的路上打电话跟领导请假，领导不同意，她撒起娇：您看我还有那么多假没用，而且我工作以来，从没有一天迟到早退对吧。

领导没辙，最终同意了她的假期。

我们一路开过雪山，飞过山洞，藏区拿着酒杯，山脚看着星星。她让小楠给她拍照，小楠嫌弃地说：你要怎么拍，剪刀手还是兰花指？

她说：我想到了山顶，跳起来拍。

她把这张照片发到朋友圈，无数声音说：你辞职了？

她好奇地问我：龙哥，为什么来西藏就一定要辞职呢？谁说过说走就走和朝九晚五一定会矛盾呢？

依稀记得，一天晚上，客栈老板不让我们第二天出发，说现在是一月底，大雪封山，你们还要爬这么高，车没有防滑链，加上高原反应，基本上九死一生。

我们看了看彼此，说：要不这样，先出发，如果太危险，原路返回。

那天，我们抱着必回的决心上了路，幸运的是，越走太阳越大，雪越少。终于，我们爬到海拔六千米的山顶，那里云彩围绕着我们的身体，太阳离我们不过一步之遥，在天地相接的地方，美到想哭。

我看着脚下融化的雪，忽然眼泪止不住地流。或许，这辈子，再也不会这么疯狂，在最冷的日子开着车，听着歌，冒着大雪进藏了，幸运的是，在这最年轻的年华里，我疯狂过。

郭小姐在我旁边，她冲着山下大声地喊：郭小姐，你这个疯子！

喊完，她的眼泪湿润了脸颊。

6

在写她之前，我们已经是很好的朋友，那天和她刚喝过酒，我开玩笑地跟她说：哥最近忙着新书推广，没素材写了，准备写一下你个变态。

此时此刻，她的工作也上了一个台阶，很多公司等着挖她。

她说：你别写我，我是个坏女孩，别教坏"良家妇女"。

我说：你过着很多人想要的日子，你是个奔波四方的"坏"女孩，这世界好女孩下厨房，坏女孩走四方。如果这样定义姑娘，你吧，这辈子好不了了。

她笑着举起酒杯，一饮而尽，说：那就让我坏下去吧。

7

我是一个崇尚自由的人，时常想，如果人的终点都是一样，那人和人的不同，不过就是看他怎么活了。

这一辈子，短暂不过数十年，就算长，也不过一百岁。趁着现在父母健康，后代无忧，为什么不去远方，为什么不去挑战，为什么要把十八岁过成八十岁？

我们都知道白开水是最好的饮料，可咖啡中的苦、可乐里的甜、蓝莓汁的酸才构成了生活中最难忘的经历。

有姑娘曾经质疑说：多出去看看是你们男生的活法，我们姑娘就要成为贤妻良母，从小琴棋书画，长大柴米油盐；小时候听爸妈的话，长大爱夫持家，那些颠沛流离奔波的日子，和我们无关。

可是，亲爱的，你忘了，生活不只有攀附他人，更有活出精彩；日子不仅是为了别人，更应该实现自己；青春不仅要有一成不变，更要有适应变化的能量。

这个，和性别无关。

生活，不是在舒适区里安安稳稳地过一辈子，不是故步自封安稳平庸，最美的日子，应该是年少时奔波四方，年长时坚强担当，年老后平静安详。

8

后来，一次我和郭小姐喝酒，我问她：认识你这么久了，从来没听过你讲自己的故事和你为什么会想去那么远的地方、看那么大的世界，如果可以，你写给我看吧，我想放在我的书里。

她说：龙哥，你的忙我肯定帮，我今天熬夜通宵也写给你。

光照在她的脸上，很亮，很亮……

◆奔波四方的郭小姐

我想讲讲我和我妈妈的故事。

1

十二年前，我还在小学。妈妈那时因为听我爸的话出来做生意丢掉了工作，生意也没做成，和我爸又分开了，她没有正式工作，没有保险，一个月挣四百五十块钱还要养活我。租房，吃饭，上学，一下子成了麻烦。

学历不高的她并没有什么好的工作，在一家手机城卖手机，某天下班忽然发现，她的柜台丢了一部三千多块钱的手机。她清楚地记得，那个型号的手机从来没有被拿出来看过，不可能凭空消失，回忆了大半天，只可能是同事拿走，手机盒子非常大，而且她看到那天同事带了一个非常大的袋子走。

外婆从小家暴，妈妈并不是一个会"吵架"的人，说吵架，连理论都不太会，能少一事就少一事。

只记得当年我很小的时候，爸妈离婚，外婆把我爸的照片一下子全部都烧了，还不停地说我妈，找了一个不好的人，自己的下场都是自己作的。其实，外婆自己的婚姻就不顺利，因为妈妈长得像我外公，就把对我外公的气全部撒在妈妈身上，在妈妈还只有几岁的时候，家庭暴力变得家常便饭。

我，就是在这样一个家庭里长大。

妈妈大半年的工资丢了，关键的是，想还也还不上，家里需要钱，却无能为力。瞒一天两天还可以，月底盘点库存时肯定瞒不住的。无奈中，她向外婆和姨妈求救，可是，她们不管不问，冷冷地丢下一句：自己想办法。

第二天，我正在看电视，平时午休都不回来的妈妈突然回来了，提了一个满满的袋子，匆匆带上我又匆匆去外婆家。

到了外婆家，我被放在里屋看电视。虽然所有人都觉得我还小，什么事都不懂，但我注意到大家的反常，悄悄地躲在门后。

只见妈妈从装得满满的袋子里面翻出一个盒子，打开，对姨夫说："这个手机值三千三，你能不能帮我把它卖了？我来补上那个空。这是我从拿我手机的那个人柜台拿的。"

外婆、姨妈、姨夫三个人惊呆了，平时老实的妈妈竟然做出了这样的事。"你怎么拿的，这是偷啊！不怕被发现？"

我仍然记得妈妈那时候的语气，平静得可怕。"你们别管了，能卖了就行，我不能没这份工作，小郭要吃饭上学。"

他们三人连连摇头，七嘴八舌地说，如果被发现，如果进去了，小郭怎么办？他们嘴上说，但是没一个人提出先借钱给妈妈渡过难关，这是亲妈、亲姊妹。

妈妈默默地把手机收起来，到里屋拉着我，一句话也没说地离开了外婆家。

她把我送回出租屋，自己准备出去。我当时虽然只有九岁多，却无比紧张，因为我知道外婆他们说的"进去"是什么意思。我跑出去，妈妈正在开自行车，我问她去哪里，我一个人在家害怕，可不可以带我去。她看着我，叹了口气，说："走吧。"

到了她上班的地方，妈妈让我坐在柜台边，自己拿着袋子进了仓库，一会儿她出来了，脸上的表情与之前完全不同。

当时，我只记得情节，但不懂这意味着什么。几年以后我慢慢长大，才知道当时是有多绝望才可以连底线都不要，是有多伤心才可以这么死水微澜的平静，也是有多爱我，才悬崖勒马。

也是长大了才知道，她当年带我去也是想让我外婆看在我的分儿上，帮帮我们，谁知道人心可以这么冷。

回到出租屋，妈妈忽然抱住我哭，我看她哭我也哭，可能是我哭了，她感到更绝望，边哭边说："我们两个去买两包老鼠药吧。"

我没听清，说："什么？"

她马上改口说："没什么，我要是去外地打工，你一个人可以生活吗？"

"怎么生活？"

"就是自己做饭，自己睡觉，自己洗衣服。我去外地打工，就可以挣更多的钱。"

"好啊，我可以。"我也不知道那时候这么小，怎么会有这样的想法，但是那时我清楚地知道，我们一定要有钱，妈妈一定要挣更多的钱才可以。我不允许任何人欺负你了，妈妈。

其实，我至今都不知道那三千多块钱的亏空是如何补上的，妈妈在其中一定付出了太多的泪水。

后来，我努力考大学，考出了那个城市，看到了更大的世界。

如果当时不走出去，一直在北方这座小城，我们两个的生活用"苟延残喘"形容一点都不为过。

因为走出去，至少有更多的钱，可以更好地生存。

2

从那以后的四年，我虽然没有一个人生活，反而更漂泊。

我爸尽义务给我找了一个寄宿学校，里面都是没人管的孩子，没素质没家教，我在学校里经常因为学习好受欺负，你没听错，学习好，反而被人欺负。

我不想同流合污，毕竟，我有妈妈。

周末回我外婆家，姨妈从来没有过好脸色，时常支使我帮她做各种事，一点点不顺心就把脸色甩给我看。一过，就是四年，从小学上到初中，身高也从一米四长到了一米七，我开始变得又土又丑。

到现在，妈妈有时候还会开玩笑说：你怎么从又土又丑变成现在这样的？

八年前，从妈妈出去打工到回家，那近四年的时光，我一直寄人篱下。妈妈回来的那一天在校门口等我，我从她眼皮底下过去了，互相竟然都没有认出。

和她一起回来的还有林叔叔，一个陌生的男人。

林叔叔对妈妈很好，对我也不错。我一直都希望妈妈身边有一个对她很好的人，林叔叔正合适。我很支持他们，不久，他们就在一起生活了。林叔叔有一个女儿，比我大半岁，我叫她林姐姐。一段时间之后，我发现林姐姐总是有意无意地排斥我。在我学习的时候，她故意大声说话放音乐，家里买吃的，她总是最先拿走，留给我剩下的。因为我小，还要顾及我妈，心想只要林叔叔对妈妈好就行，其他的自己想办法克服就好了。

林叔叔总有意无意地在妈妈面前强调，女子无才便是德，女孩子上个技术学校，找一份安稳的工作，嫁个好人就好了。

我不同意女孩子就该图安稳，找份工作嫁个人，更不愿意去上技术学校。我们时常反对着，矛盾着，但毕竟我还小，大家都没在意，就这么过了两年。

有一天早晨，我拿起开水壶去倒开水，好好的开水壶壶底居然掉了，壶胆掉在地下摔碎了，恰巧林姐姐坐在旁边，溅起来的开水烫到了她的手臂。她哇哇大哭，林叔叔和妈妈闻声赶来，一起去帮她处理。

而我，默默地回到了屋子里去换裤子，腿上，被烫得脱了皮，我一个人在房间忍住眼泪，不想被妈妈看到，平静了一下，就去学校了。

走前，我看到林姐姐瞪着我，我一瘸一拐地离开了家。

从那时起我明白了，一定要自立，一定要让自己变得更强。

这件事情就这么过去了，林姐姐在我耳边不断地提起，那次被烫得多么多么惨。谁也不知道，我现在腿上还有一个疤，直到今天还不太敢穿裙子。

没过多久，中考成绩下来，我考上了本市最好的高中，而林姐姐没有考上任何高中，上了技校。

也是从那时开始，她对我的排斥端到了台面，说我当年怎么害她烫伤，说我如何打扰她学习，也不帮助她学习，总之，都是因为我才没有考上高中等等。

矛盾没有在我的隐忍中消除，反而因为她的挑衅终于爆发。

开学之前，我实在忍受不了，对妈妈说了这些年经历的事情，我哭得很难过，妈妈摸着我的头，什么也没说。

后来，妈妈去和林家交涉，无果，反而变本加厉。没几天，妈妈就带我搬了出去，和林叔叔断绝了一切联系。

"他对你不好，对我好有什么用。"这是妈妈说的话，我听到眼红。

妈妈，我会用自己的能力，让你幸福的。

3

四年前，我从北方小城考到了成都的一所大学。这么多年，终于苦尽甘来。而妈妈也重新找到了自己的职业方向，开始做家政服务，她服务过的每一家人都称赞不已。

我去成都那天，妈妈说："我要去北京。"

我很惊讶，已经四十岁，为什么还要选择在这个年龄再次远行？

妈妈笑着说："你都走了，我待在这里还有什么意思！你每天这么努力，我还有什么理由不去奋斗。还有，我给你说，算命的说我财运在北方。"

我对她说："好啊，那你得多挣钱，我也要努力赚钱。"

那是我们又一次分别。

北京，真的是一座有魔力有吸引力的城市，并没有很高学历的妈妈认识了很多大学教师，他们带给她的不仅仅是金钱，还有眼界和知识。

四年，我们一别又是四年。

在她的口中，时事新闻、流行趋势逐渐多了起来，她开始用微信微博，她还坚持背单词，为的是今后出国旅行不会语言不通。

她不跟我聊隔壁大妈的闺女结婚了，楼下大叔的孙子满月了，聊的都是年轻人的东西，就像一个姐妹，一个闺蜜。

也是，她是最懂我的人，我什么都跟她讲，因为她是我最好的朋友。

妈妈最经常说的一句话就是："你说你的那些经历云淡风轻，只有我知道你是吃了多少苦才走出来的。要不是你这么努力，我也不会这么努力。"

因为妈妈，我在成都也格外努力。在一个生活舒适吃喝玩乐的城市上大学，大一的我满心欢喜地进到学生会，当一年苦力干事，我不怕吃苦，只怕悔恨了青春。

大二我开始各种兼职，我不想让大学生活这么无聊，我更想经济独立。通过各种兼职，我走遍了成都的每一个角落，发现，原来世界这么大，自己这么小。

我认真地做好每一份兼职，所有的生活基本上都会尝试，也正是这些兼职，让我的视野向外延伸，我开始明白，世界真的很大，我还差得太远。

我不愿睡懒觉，早起害怕吵醒室友，于是拿化妆品在食堂化妆，兼职结束后，坐在公交车上，累到眼泪不自觉地流出来，只能用风来吹干。

我会想起妈妈，想起她，能给我更多的动力。

我要赚钱，让妈妈过上更好的日子。

在我进步的时候，我会感觉到远在两千多公里之外，有一个人和我一起，我开心她欣慰，我伤心她担心，我进步她会被我影响，她努力，也同时能感动到我。

我开始不满足于兼职，开始做自己的社群，抓住各种机会学习，方向从记者到公关到讲师。

我考了我想做的方向的认证讲师资格，参加了许多活动，每天筋疲力尽，习惯了报喜不报忧，但我明白，如果真的遇到了事，她永远是我的后盾。

4

2015年8月中旬，我得了很严重的带状疱疹。

当时的我大三，正好随着学院一起在野外实习，住在非常偏僻的学校实习基地，宿舍无比简陋，卫生条件很差，同时还要完成大量的实习工作。一开始，疱疹并没有很严重，我到处走做调查，实习进行到三分之一的时候，本来只有腰上一小片的疹子突然蔓延了很大一片，最初的疹子化成了水疱，又痒又痛。

我坐车来到市区，医生说："你这是带状疱疹，长的地方也不好，要住院，大量输液。"

可实习还没结束，于是，我对医生说："我不能住院，先给我开药吧，我要两天以后，赶快完成作业。"

我没有告诉妈妈，只是说换了一个地方，不太适应，有点过敏，吃点药就好了。外漂的孩子，都很少会把自己的难过跟最亲的人说。

慢慢好转之后，我才了解到带状疱疹有多可怕，发展下去会有多危险，许多人因为带状疱疹而离开世界。

好在，我康复得快，好在，看病及时，好在，我还活着。

一个人的时候，我时常默默地想：如果一直蔓延下去，这个病跟我一辈子，或者我不在了会怎样？

马上我就想到了妈妈，我们在不同的地方为着同一个目标努力，互相给对方正能量的影响。

如果我不在了，她该怎么办？想到这里，眼泪瞬间掉了下来。

很多人在写遗愿清单，可我还没写就已经遗愿了一次。

之后，我有次跟妈妈聊天聊到这件事。她说："我知道你就是好强，很多事情不告诉我，只是通知我而已，并不是征求我的意见或者帮助，你觉得好，你就去做，所以，你做什么我都支持你，保护好自己就可以。"

作为母亲，能做到这些谈何容易。

其实，我一直很爱折腾，但是妈妈从未反对，只是默默地保护着我。她总告诉我：漂累了，妈妈总会在身后支持着你，有妈妈的地方，就是家。

还好，我好了，在那之后，我选择去了北京，我只是想在这有限的时间里尝遍青春的滋味，尝试探索自己的世界，还能离妈妈更近一些。

当飞机降落在首都机场的时候，我对自己说："郭小姐，这里就是北京，你现在一无所有，混得怎么样全靠你自己。"

5

后来我认识了龙哥，加入了龙影部落，大家从龙哥的文字中也知道了，我还找到一份不错的工作，公司不小，看能力还有点权力，领导也很喜欢我，但是我就是做得不开心。

我是以培训师的身份进去的，但是进去就被安排做品牌推广和新媒体运营的工作，我知道我能做好，不开心是因为这真的不是我喜欢的工作。跟龙哥出去旅行是因为那时刚刚完成一项很重要的工作，耗费了我大量的精力，我迫切需要去释放去清空。

龙哥说的时候，没有怎么想就答应了。给妈妈打电话的时候非常忐忑，怕她不同意，当电话接通，我说了这件事的时候，她说："你去吧，我知道你就是来通知我的，拦不住你，注意安全，这次不让你去，下次你还要去，这次有同伴，我还更放心。"

很多人说，和父母关系不好，无法沟通，在我看来，多点沟通，多点理解，做出点成果给他们看你过得很好，就够了，因为，他们总想让我们好。

当我辞职创业时，妈妈也是很支持我，她从来没觉得我做什么选择是错的，她知道，去做，做喜欢的，都是对的。

我辞职之后，有次我们聊天。

"其实挺感谢那几年一个人的生活的，要是没有那几年，我现在也不会这么早走出去，也不会这么早独立，也不会有这么多成绩。"我打破了沉默，但是好像效果并不好。

"其实，我一直很难受，觉得因为我当初的选择很对不起你，对你太沉重了。我知道你在你外婆家受的那些苦。"妈妈说。

"这两年，我们的条件稍微好了一些，她们的眼睛直勾勾地盯着我们口袋，总觉得她们的东西是她们的，我们的东西也是她们的，哪有这么好的事？！你外婆养老，是我和你姨妈的事，你姨妈却非得拉你进来，你又不是她的第三个女儿。何况外婆把房子、存款、养老金都给了你姨妈，十二年前那么难的时候，都没有帮过我们一点，结果现在没有养，没给钱就说我们不孝！千万别被孝道绑架。"她继续说道。

"没有啊，反正每个人都得经历，早经历总比晚经历好。其实每个人都有很难的时候，只是她们不愿意说，我们不知道而已。而且，我们现在多好。对于她们那家人啊，我觉得你真是像樊胜美似的，我虽然没有和樊胜美一样的妈，可是我妈有一个和樊胜美一样的妈，比樊胜美还可怜的是，她还有一个比樊胜美哥哥还过分的妹妹。"我用略作调侃的口吻说。

虽然语气很调侃，但我知道，那段经历是我们心中永远的痛，永远都不想去面对的东西。但是，璞玉需要磨，钢铁需要磨，就连咖啡豆也需要磨，其实磨了我，也磨了她。不然，她不会走出去，接触到外面的世界，我也不会努力想要走出去，见识外面的世界。

在大学，我也知道要早点走出去，课余的时间全部都用来兼职或者学习。我怕她担心，每一次也不说累或者轻松，只是说自己挣了多少钱，打哈哈就过去了，也就这么一路走过来。

"是你好，我才不好。你这么好，你说，我需要怎么做才能配得上我的闺女？"

我笑了："你这么开明，鼓励我在大学谈恋爱，从来不干涉我想做的任何事。"

"我可不是开明。"

"你还很识时务啊，在大城市待久了思维也很新潮。"

"也不是。"

我纳闷了，其实，十二年后的妈妈在大城市工作多年，眼界更宽，也找到了自己的定位，我也大学毕业，对我的工作，她鼓励我多去尝试；让我在大学就谈恋爱，虽然最后结果不好，妈妈还和我一起骂那个人渣；我放弃一切去大城市发展时，一直在鼓励，没有任何反对。妈妈的做法从来都是让我周围同学羡慕的。

"只是不想有朝一日给你丢面子。"

我也长大了，也去了大城市发展，也接触过一些人，真真假假，浮浮沉沉，感受最深的就是鼓起勇气走出来的重要性。她走出来的时候，已经三十多岁了，经历过离婚，还带着女儿，都能在打拼的过程中找到自己。

我一直很努力，在别人的眼中一直很优秀，很多人问我为什么成长得这么快。

其实就是不断地看新世界，交新朋友，锻炼新能力，养成新观念，没有什么一成不变，你都不走出去，还有什么理由抱怨。

我也不知道说什么好："哈哈，一起努力吧，鸡血母女！"

——郭怡

扫码与作者面对面

你曾经靠近过梦想，还是靠近过爱？

"那时我们有梦，关于文学，关于爱情，关于穿越世界的旅行。如今我们深夜饮酒，杯子碰到一起，都是梦破碎的声音。"

文 / 孙晴悦

1

"杯子碰到一起，都是梦破碎的声音。"

张瑶起身走去洗手间，刷了一下朋友圈，看到大学同窗小北发了这样一条消息。

配图是杭州西湖边某个鬼佬云集的酒吧。昏暗的灯光下，没有人脸，只有几个威士忌的老式酒杯碰在一起。

张瑶想起了大学临毕业的时候，姑娘们在宿舍里聊人生，聊理想，聊爱情。躺在上下铺，在不到十平方米的宿舍里，但一个个豪情满怀的样子。那样的情景，张瑶觉得这辈子再也不会有了。那样的情景，只属于那个闷热、狼狈，一边流汗，一边找工作，一边做梦的夏天。

也不知道是谁先说起北岛那句最悲伤的话。

"那时我们有梦，关于文学，关于爱情，关于穿越世界的旅行。如今我们深夜饮酒，杯子碰到一起，都是梦破碎的声音。"

于是，陷入了死寂一般的沉默。

张瑶没有想到，大学毕业五年后，真的看到这样一条朋友圈。

杯子碰到一起，都是梦破碎的声音。

2

圣保罗在南美洲是一个类似于纽约、东京一样的大城市。

每次张瑶对国内的朋友说出这样的话，总是会引来大家的嘲笑。

他们都问她，你要去巴西首都圣保罗吗？

巴西首都不是圣保罗。

那是哪儿？

里约热内卢吗？

每次到这个时候，张瑶已经没有力气再去解释，巴西首都是一个叫做巴西利亚的地方，因为说完这句，她都能想到，大家会问她，那你为什么不去巴西首都呢？

这就是张瑶要去的国家。

在大家已经把美东、美西自驾游都玩得门儿清的今天，旁人依然不能明白，巴西到底在哪儿。

川外毕业后，她放弃了中石油、国家电网这样央企的工作。一个女生，要去圣保罗读研究生。在这个经济萧条的年份，大家都不理解这样的决定。

照理说，经济萧条的年份出去读书是个还算可以的选择，但是经济萧条的年份能找到大型央企待遇丰厚的工作，更要好好珍惜啊。小北就去了杭州的一个央企。

张瑶离开中国的时候，没有想过以后。以后，能不能再去那些央企，能不能变成她心心念念的女高管，又或者是，能不能在巴西留下来，在大学里做一个学者，她没有想过任何可能性，因为在二十二岁毕业的年纪，她只有一个穿越世界的梦想。

并且，本身是学语言的。巴西，这个在地球另一端的国度，神秘、荒野，符合一切浪迹天涯的要素。

这是她穿越世界的旅行。

3

看到小北朋友圈的时候，她正在老王的公寓里，和几个从事不同职业、因为不同原因来到圣保罗的年轻人一起喝酒弹琴。他们都喜欢老王的公寓，铺着木质地板的高层公寓里，有一张大大的木头桌子。平时，老王一个人在这张桌子上吃饭，做PPT，写销售方案。有一群人来的时候，木头桌子上摆满了世界各地的红酒、大大小小的杯子，还有洗好的水果。

张瑶其实不是那群人中真正的一员。

她来巴西，本身就不仅仅是为了拿到一个学位，又或者说，如果仅仅是拿一个学位，谁需要山长水远来到巴西。

这是一个她和世界的梦想，是一个小小的女生，想要和这个世界连接的梦想。

除了在学校上课、泡图书馆、写论文之外，她努力认识圣保罗的中资企业圈子，有时候做一个展会兼职翻译，认识一两个总们，后来只要有展会他们也就乐意叫上她，一来会葡语的中国学生不多，二来张瑶听话懂事，肯努力，肯付出。

她深谙这个世界不仅仅是你路途遥远地来到巴西，而是你要认识这个世界里的人，那些闪着光、走遍世界、拿着高薪的人，那些北京没有的人。

由于展会翻译，一来二去，和那些总们熟了以后，她也会参加一些他们私下的聚会。都是一群漂泊在异国异乡的人，工作之外，他们有自己的圈子、自己的聚会，他们靠这些活动打发工作以外的时光。当然，他们也在这些聚会里聊工作，谈合作，发现新的机会。

她有时被某个总叫上说，美女，晚上一起去啊。

他们最喜欢来老王的公寓里聚会。围坐在木质地板上，

把一个单身公寓挤得热气腾腾的。好像，在这个遥远的国
度，这时候最有人间的烟火气。这群人，聊工作，聊生活，
说智利的红酒、阿根廷的牛肉，说要去秘鲁的马丘比丘，说
下一个假期买了去南极的船票。

　　这是一群热爱工作，不惜和家人分开，执着要来到这个
地球的另一端奋斗的年轻人。看着一个个光鲜亮丽，有中资
企业的高管，各路市场总监、销售总监，有央媒的驻外记
者，也有和张瑶一样，想要变成和这群看起来光鲜亮丽的年
轻人一样的少女。她们在这里求学。

　　在张瑶眼里，这是一群梦想和爱情都拥有的人生赢家，
各路总监们不是已婚已育，就是张罗大家给他们拍婚礼视
频，好像永远都有人要回国办婚礼，这群人也永远都对着摄
像机或是手机，在出差的每一个角落里，录着视频，说着，
祝××总新婚快乐。

　　所以，张瑶笃定地相信，努力是可以拥有一切的。可以
有远方，可以有事业，可以有爱情。因为老王公寓里聚拢的
这群人，闪着光芒，他们不是媒体包装后那些成功精英的模
样，他们在张瑶面前真真实实的，张瑶觉得他们什么都拥

有，一个个活生生的成功例子。

张瑶想，一定有一天，她这样的少女，也能真正成为老王公寓聚会中的一员。

对，她想要的是真正成为他们中的一员，而不是谁开心了，想到她了，问一句，美女，晚上去老王那儿，你去吗？

她想要有一个名字，她想要某一天变成，瑶，晚上去老王那儿，你去吗？

4

张瑶就是在这样的聚会里认识了周青。

他比张瑶大四岁，却已经自己白手起家创办了一家会计师事务所，专门为中资企业提供财务咨询方面的服务。那时候会计师事务所刚租了新的办公室，业务也逐渐步入了正轨，周青在一群总们的聚会中，看见了清新的张瑶。

懂中文。懂葡语。想要融入圈子。想要实现梦想。

完美的实习生人选。

周青邀请了张瑶去他的事务所实习，不菲的实习工资，

弹性的工作时间。张瑶研究生课程不是很满，没课的时候，
她都待在事务所的办公室。

　　周青的事务所客户大多是中资企业，所以张瑶有机会接
触各类中资企业的财务文件，她帮这些公司做着中葡翻译，
有机会接触到很多一手资料。所以除了工资考虑以外，张瑶
乐意把时间都耗在办公室里，因为她不仅仅是来读一个硕士
的。圣保罗是她穿越世界的梦想，她想要穿越世界以后，成
为老王公寓里闪闪发光的那群人中的一个。

5

　　周青是个沉默寡言的浙江人。在浙江读完高中就跟随父
母移民到巴西。他从不认识葡语单词到考上全巴西最好的圣
保罗大学，然后作为圣保罗大学会计系第一名荣誉毕业生毕
业，周青是一个精确计算着自己每一步的男人。

　　毕业以后，他去了四大会计师事务所之一的德勤会计师
事务所，在中国业务部工作。那时候周青就接触了大量的中
资企业，了解了他们的业务需求，也了解了他们和"四大"
合作的种种不便。

　　很多时候不是价格高低的问题，中国和巴西税务上

有太大的不同，而巴西的税法复杂程度也不是"四大"这样提供标准化服务的公司能够面面俱到，为客户考虑周全的。

找到了业务、客户以及客户的痛点，两年以后，对中国部业务熟门熟路的他辞了职，单枪匹马，开了自己的会计师事务所，主要解决税法这块的问题，面向中资企业，提供个性化的定制服务。他还有一个大大的优势，他说中文，他提供的所有服务是中文服务，而"四大"提供的是英文服务。

6

周青还有一个和老王公寓里的总们的不同点。

不管在任何场合，他管张瑶不叫美女，不叫翻译，不叫那个谁。他叫她，张瑶。

有时候，他带她去一些商务场合，比如使领馆的新春招待会，比如中资企业家俱乐部的聚会，他向别人介绍她。他说，这是我的秘书，张瑶。

在周青的事务所里，张瑶成长得非常迅速。她从川外一个学语言的妹子，成长为了一个踩上高跟鞋，站在一堆前辈总监面前，可以淡定地演示PPT，讲解巴西税法概况的美女子。因为周青，她接触了一个和她自己生活完全不一样的圈子。

他们一起加班到深夜，他教她财务知识、商务礼仪，她和他说学校里的趣事，说她的阿根廷同学。每每在这个时候，张瑶觉得周青其实大不了她太多，比她大四岁，但是笑起来像一个孩童一般。说起其他拉美同学在课堂上的趣事，周青比张瑶还要激动，他一下子想起来很多自己当年在圣保罗大学的段子。

他手舞足蹈，给张瑶演他们班上以前阿根廷同学的样子，他高抬着下巴，把袖子认真扣好挽起，腰挺得直直的走来走去。张瑶被他搞笑却一本正经的样子笑得前仰后合。

阿根廷人觉得自己的国家是南美的法国，或者南美的小瑞士，比没心没肺的巴西人要高级许多。他们是南美的贵族，而巴西人，则是每天穿着人字拖就去上学上班的。可笑的是气质和这个民族毫无关系。

周青从张瑶身上，找到了年轻的活力。虽然两个人年纪差不太多，但是精确计算着自己人生每一步的周青从上大学到工作到创业，压抑着自己的情感和活力，他和比他年长十岁的精英大叔们交朋友、做生意，自然不能成天乐呵呵傻笑，像一个移动的笑话。他用那些精英总们的标准，严格要求自己。

对。他学着他们的样子说话，学着他们的样子微笑，学着他们的样子社交，也学着他们的样子沉默。

就像张瑶学着周青的样子讲PPT，学着他的样子见客户，也学着他的样子埋头奋斗。

其实，他们是同一种人。

平时加班比较多，如果加班到晚上十一二点，周青带她去唐人街吃夜宵，他知道哪家店营业到午夜，哪家四川火锅最地道。他带她参加客户的商务饭局，他也带她去高级的法式餐厅，给她点上好的小羊排，知道她爱吃巧克力布朗尼。

后来，再见到张瑶的时候，她化着精致的妆容，穿着修身的连衣裙，站在周青身旁，亭亭玉立。从一个灰头土脸的女学生，变成了一个衣着谈吐都不凡的姑娘。

再后来，老王公寓里的那些总们在某一年的领事馆新春招待会上，和周青寒暄几句。

周青介绍站在一旁的张瑶。他说，这是我的女朋友，张瑶。

7

这个充满着桑巴、阳光、海滩的国度，是张瑶的远方。那一年，她来巴西的那一年，她还年轻，她总觉得生活在别处，执意放弃央企稳定的工作来到这里。

而在这里的两年后，她硕士毕业，有一个创业新贵男朋友，她可以留下来，没有身份问题，不用担心签证，甚至也不用担心工作。她可以选择在周青的事务所和他一起打拼，也可以去任何一个中资公司或者是跨国公司的中国业务部做他们的当地雇员，她懂英语，懂葡语，会讲中文，她面容姣好，她在这个新兴经济体里，是一个香饽饽。

只要她嫁给周青。

好像每一个国家都是这样，你要有长期签证，或者有绿卡，那么工作机会就会轻而易举。每一年都有无数的年轻女孩愿意走这一条看上去更容易的路。

但是，一个毅然决然放弃国内收入颇丰体面稳定工作的张瑶，她穿越世界的梦想是为了有朝一日，能靠自己的能力，变成老王公寓里的年轻的总们，而不是依靠婚姻。

这一次，她决定回到中国。她有一家重庆国企的工作机会，负责拉美市场，条件是得在中国总部工作一年，然后工作签证外派拉美。对于一个刚研究生毕业的姑娘来说，这是千载难逢的机会，要不是因为南美偏远，且懂语言的人不多，国内这样的机会是断然不会轮到张瑶的。

有了这个工作，等到她再回到巴西，她就真的能变成老王公寓里的总了。和他们一样，谈着自己公司的业务。不再依附于任何展会才能和他们有一点联结，不再依附于周青，才能参加到他们的聚会中。而是，一个真正的总。

某一天，在唐人街吃着麻辣的四川火锅，她对周青说："梦想离我比爱遥远。"

"所以，我跨越千山万水来到这里，而现在又要跨越千山万水回去了。你等我。"

"一年。就一年以后，我就回巴西了。"

8

梦想离张瑶比爱遥远。爱看起来是那么唾手可得。

好像每一次都是这样。张瑶想起当年来巴西之前，也是这样和校园时代的男友分手，她好像也说过差不多类似的话。

他是她整个大学时代的回忆。他们一起上自习，一起吃食堂，他们一起去遍了重庆大大小小的火锅店，他们一起做着属于未来的热气腾腾的梦。他们憧憬着一起毕业，一起找工作，一起去北京，一起在北京有一个家。

可是张瑶要的不是北京，她要的是世界。所以那年毕业季，她坚定地知道自己想要的是什么。她想要离开，她有她的梦。

她每一次都觉得爱离得如此近，而梦想离得却如此遥远。

其实，好像每一个人都是这样。好像每一个人，无论是否遇到爱情，都会结婚，都会生子，好像爱一直离我们很近。哪怕不是爱情的爱。

但是梦想就完全不一样了。张瑶眼看着本科毕业就嫁人的同学，在家抱着孩子，心满意足，已经全然想不来"梦想"两个字。她也眼看着那些口口声声喊着老子要牛逼、要创业的男生，一头扎进格子间，消失在了北京的夜色中，只在喝酒的时候，还说着当年。

所有人在感叹青春逝去，梦想碎了一地的时候，都有着家庭，都抱着孩子，都和爱离得那样近。

每个人都得到过爱。但不是每个人都实现过梦想。

就这样。张瑶走了。回到中国去了。

9

凭着在巴西的实习经验，还有她一如既往的刻苦努力，张瑶刚进公司的时候，表现得就已经完全不是一个刚入职场的小女孩。她果断冷静，不卑不亢，谈判桌上像久经职场的老手，庆功宴上笑起来又像是刚毕业的大学生。

同事们领导们都很喜欢她。领导说，国内也有很好的升职机会，可以破例考虑给她在国内升职，不用去南美了。

谁都知道，总部能够升职，谁还去海外呢。领导说，女生终归是要考虑嫁人的，把你派去那么远的地方，一待又是好多年，我们也不舍得。工作还有生活，领导都为她考虑周全，现实面前，巴西应该是远处的海市蜃楼，望一望，也就罢了。因为青春、时间、容貌，对于一个姑娘来说，一切都要核算成本，随着年龄往上，并没有太多空间留给穿越世界的旅行。

她谢过了领导的好意，执意想要回巴西。

那一天，和领导谈得很晚。走出公司的时候，华灯初上。出租车上，电台里放着小野丽莎的《伊帕内玛边上的姑娘》。张瑶听着熟悉的音乐，暗暗想，为什么这个内陆城市现在变得也如此洋气，电台里都开始放巴西民谣了。看着万家灯火，第一次想要能够快点回到巴西。

这时进来一条微信，她低头看手机，周青发来的。

只写了一个字。遥。

不是她的名字。而是遥远的遥。

她关掉手机，闭上眼睛，眼泪止不住地哗哗流。她知道，一切都结束了。她想要回到远方，可是远方已经不再有等待她的男人。

10

一年以后，张瑶回到了巴西，以某民族品牌市场总监的身份。公司没有食言，兑现了承诺。让她负责整个拉美市场。研究生时期她就对中资企业在巴西的市场状况了如指掌，不同类型的企业、不同的行业，她都深入了解过。一年总部的工作经验，了解了公司的各方面情况，年轻的张瑶，真的变成了老王公寓里的总。

最年轻的总。

并且是女生。

大家庆祝她回归，大家又聚在老王的公寓里。他们还是喝着红酒，而这次，张瑶和他们相谈甚欢，毫无违和感。这次张瑶能喝出智利的红酒和阿根廷的红酒究竟有什么不同。

这次，他们叫她张总。她摆摆手说，干吗这么客气，显得生分，且老气横秋的。后来，他们都叫她，瑶。

周青没有参加她的回归派对。酒过三巡，不知道是谁提起他。

"那小子，你回去半年就结婚了。"

"你猜，和谁？我们简直不能相信。"

"他媳妇叫啥来着，哎，好像姓李吧。"

呵。

是啊，周青还是娶了一个没有名字的姑娘。可以叫她美女，可以叫她嫂子，好像她姓李，却没有人记得她究竟叫什么。

他们说，周青在某个相亲网站上认识的。然后回了一趟国，见了见。

然后，又回了一趟国，就领了证，把这个没有名字的姑娘带来了巴西。

11

张瑶猛地喝了一大口酒。

想起了太多的往事。

曾经她也是这样一个没有名字的姑娘。他们也叫她美女，叫她小妞，叫她翻译，也叫她那个谁。她曾经以为，梦想比爱遥远，梦想是她可以拼了命争取的，她不惜跋山涉水来，不惜山长水远地回去，她心心念念不就是为了这一天吗？

为了成为老王公寓里闪闪发光的总。

那一刻，她大学时代的男朋友、周青，在脑子里像过电影一样。她曾经以为，梦想比爱遥远。

但是现在，她终于不再是饭局上的美女。她终于有了自己的名字。她想起了年前小北的朋友圈。

"如今我们深夜饮酒，杯子碰到一起，都是梦破碎的声音。"

这一刻，梦想实现了，可是他们在哪里？梦想实现了，可是他们却不再在她身边。

12

她忘记了那天是怎么从老王家回去的。

等到第二天醒来的时候，她看到昨天在日记本上歪歪扭扭写的几行字。

"那时我们有梦，关于文学，关于爱情，关于穿越世界的旅行。如今我们深夜饮酒，杯子碰到一起，都是爱破碎的声音。"

她起身走到落地窗前。现在，她住在圣保罗最繁华的商圈，最好的公寓里，落地窗前可以俯瞰整个圣保罗的美景，推开门仿佛就是世界。她拥有了少女时代的全部梦想，但却不知道自己是不是曾经真的离爱那么近过。

周青有没有爱过她，她不知道。她有没有爱过大学时代的男朋友，她不知道。如果她真的曾经离爱那么近，那么周青也不会和什么相亲网站上的姑娘就结了婚，她也不会头也不回地毕了业就来了巴西。

也许，他们都是只愿意离梦想那么近的人。他们从来都没有靠近过爱。

他叫她，遥。

　　如果我们曾经都爱过，那么一定要在那个曾经就牢牢抓住对方的手。

　　如果我们曾经都想要实现梦想，那么一定不要各自朝着不同的方向，头也不回地越走越远。

　　如果我们害怕梦碎了一地的场景，那么请一定想到还有爱碎了一地的画面。

　　并且，有一种悲伤叫做：

　　当年的梦想终于实现了，可是当年的你却没有在我身旁。

扫码与作者面对面

边境的颠沛流离

的确，人这辈子，起点无法决定，终点也是一样。所以，唯一能决定的，就是这一路的风景，这一行的步伐，这一生的活法。

文 / 李尚龙、李楠

1

2009年，我认识了小南。那年，我们都在读军校。

我不喜欢体制内，可是又不想离开时一无所有，于是在军校疯了一样地学习英语，那时我有一个想法：就算以后不得不在这里待一辈子，也要有一技之长，路，总会越走越宽。

我开始疯狂地学英语，创建了军校第一个英语俱乐部。第一天来了很多人，许多人问我：龙哥，你是怎么学好英语的？

其实，学习英语并无捷径，无非就是努力坚持，有的人之所以学不好，要么是不肯花时间，要么没有走心。

而那时，有个人问了我这样一个问题：龙哥，你喜欢这样被限制的生活吗？

我很震惊，心想，你怎么知道我不喜欢？

他说：你是不是总是外出？

奇怪，他怎么知道我总是外出？难道跟踪我呢？

他说：龙哥，你能带上我一起吗？

我当时想，凭什么啊？可是，还没说话，他忽然又说：龙哥，学校离市区很远，我有车，能送你过去。

好家伙，居然懂得等价交换才能拥有等价友情的道理。

我问：你很喜欢自由吗？

他告诉我：我想看遍这世界。

我问：可是，你为什么要进军校呢？

他说：这个故事很长。

2

我在第一本书里写过一篇文字《没有一条路是白走的》，文中是关于小南的故事。

小南父亲在部队奋斗了一辈子。高三毕业时，父亲不让他读军校，于是藏起了他的申报表格。他一个人跑去大兴的一个部队门口静坐，他不懂程序，只想坐在门口希望能有领导把他编入，部队领导以为他来闹事，就把他请到了办公室，接着叫来了他父亲。

父亲怕事情闹大，也知道了他的决心，于是同意了他报考军校。

他穿上军装，雄心壮志地准备迎接自己的军旅生涯。父亲跟他说：孩子，那就好好为国效力吧。

那一年，《士兵突击》风靡一时，人人都想成为许三多。

那一年，奥运会刚结束，我们在天安门看到整齐的军队被检阅。

原则上军校毕业是包分配的，许多孩子就会想既然不用找工作，那干脆别努力了。

他们在操课的时间打游戏看电影，而小南却疯狂地读书，不断加强体能训练。图书馆里，我时常能看到他，拿着一本书，做着笔记，看见我走过来，对我笑笑。

那几年，他表现优异，成绩优秀，四年后，主动申请去了最艰苦的特种兵大队。

那里不让用手机，逐渐，我们断了联系。

一次，我和几个战友喝酒聊起他，说他多么神，别人都希望进机关进院校，这货毕业竟主动去了特种兵大队，哪儿苦去哪儿。正说到他，忽然接到了一个电话，电话那头一个熟悉的声音，说：龙哥，你在哪儿，我去找你。今年，我就退伍回家。

打电话的，就是小南。

我们再一次和小南坐在一起喝酒时，他已经过脱掉了军装，可是还没有办完手续，没有拿到户口。他坐在我们面前，一瓶啤酒、一盘花生米，我们很好奇，问：不是挺好的吗，怎么什么都不要就退伍了呢？

他说：五年了，也该去看看外面的世界了。

我想起几年前的他，一脸稚气，一心想着远方，忽然明白，不过是时机到了而已。

朋友说：你看你爸当年不让你读军校，你非要读，现在你又闹着要走。早知今日，何必当初？

小南喝完杯中的酒，说：没有一条路是白走的，这四年，看似走过一圈又回到了原点，其实，路上的风景更美，这些人生经历，是钱买不到的。如果青春再来一次，我想也就是重走一遍而已。

的确，人这辈子，起点无法决定，终点也是一样。所以，唯一能决定的，就是这一路的风景，这一行的步伐，这一生的活法。

没一条路，是白走的。

3

离开部队后，小南没有马上找工作，而是开始旅行，他把四年存的钱几乎都用在了照相设备和路费上，他一路走一路拍，厚厚的卡片，满满的记忆。

大学四年，他读了许多书，学好了英文，最喜欢的是拍照。他曾告诉我，自己想成为一名摄影师，用镜头记录生活，用作品谋生。

过年后，在北京，他最后见了我一面。我们坐在三里屯的一个酒屋，那晚，三里屯和往常一样，熙熙攘攘，姑娘们在零下的温度里依旧穿着超短裤，爆炸头的男生比比皆是，汽车鸣着喇叭，人们喝醉后唱着歌。

我问他：现在退伍了，你有什么计划吗？

他说：还没想，只是，我不想像他们活得那样浮夸。

他说着，指着周围的喧闹。

我问：那你想干什么呢？总要找份工作吧。

他说：龙哥，人一辈子，有多少日子是可以什么都不想的。我记得，上次这样无忧无虑，是高考结束的那个暑假。

我问：那你想干什么去呢？

他说：去云南，支教。

我有些震惊，这个地方，这份事业，是我一直没有想到的。

他告诉我，在军校的时候，听说过云南和缅甸交界处有一所岔河坝难民学校，那里有两百多名学生，有些是孤儿，有些是单亲，因为战火连年，所以没有老师敢去。他说，他想去那里，去看看外面的世界，然后去帮帮那些最需要帮助的人。

我说：既然考虑好了，就去做吧，反正，我们都在北京，需要什么及时告诉我。

他点头。

那天，我们喝得微醉，餐馆里，放着许巍的《故乡》。

那天，北京和现在一样，伸手不见五指，雾霾笼罩着路灯，我们在路边离别，谁也不知道，那天之后，我们会有半年多没有任何联系。

临走前，他给我发了一条信息：龙哥，不知道今天是不是我们最后一次见面。

我说：别矫情，等你回来，无论漂泊多远，记得回家的路就好。

他只告诉我他要去云南，可没告诉我，他给很多人发了诀别短信，给最爱的姑娘写了一封信。因为，他要去的那个地方挨着果敢，是中缅交界处，原来那里属于中国，后来被英国分给了缅甸。

他不知道，他只是去云南，却会不小心踏入缅甸，而那个地方正是炮火连天，许多人被抓，许多人丢掉了生命。

4

缅甸民族民主同盟军与政府军交战许久，同盟军的部分前身是缅甸共产党，自1989年起，在领导人彭家声的带领下，实现了将近二十年的和平。

可是，战争总在不经意间扑面而来。2009年后，冲突升级，政府军和同盟军战争爆发，领导人彭家声被驱逐出境，一夜之间，曾经和平的土地上，子弹飞，难民跑，血流成河，民不聊生。

我不知道具体原因是什么，因为无论在哪个网站上查阅，都有两套说法。历史，就像是任人打扮的小姑娘，打扮她的，往往是胜利的一方。

我们所知道的，只有人命升天，只有政府军的狂轰滥炸和同盟军的强烈抵抗，难民流离失所。

2015年，战事开始升级，缅甸空军不断轰炸果敢同盟军。

3月8日，流弹落入中国境内，一处民房受损。12日缅甸一军机在中国境内投下两枚炸弹，后坠毁，残骸于13日下午4时左右在薄刀山被中国民众发现。13日16时30分左右，缅军空军第四次侵入中国境内，第三次对中国境内投弹，造成云南省临沧市耿马傣族佤族自治县孟定镇河外大水桑村正在砍甘蔗的中国平民五死八伤。

3月15日，总理在两会闭幕时，回应了缅甸问题：中方坚决保护人们生命和财产安全。

可战争就像魔鬼，一旦被放出，就会仇恨生仇恨，子弹不长眼睛，只会打穿人的身体，留下亲人的两行泪。

在北京生活，有一个好处就是不用太担心安全问题，毕竟，邻居都是神一般的"朝阳群众"。

小南走的那几个月，每次团聚的时候大家都会问：小南呢？聊完，大家就拿起电话，拨打那个熟悉的号码。

可是，电话每次都是关机。微信没回复，短信石沉大海，几个月后，依旧是这样，于是所有人都有了担忧。

后来，有朋友笑着说：龙哥，别担心了，指不定他在哪里爽呢。

我笑笑，想也是，人总会盼望着好事，盼朋友多点幸福。

那段日子，我们也很少看新闻，就算看新闻，也没人关注中国版图左下角的某个地方，竟然战火连天，那个地方，还有我的一个朋友，就这么消失了两个月。

人习惯了和平，就会忘记战争，习惯了安逸，就会逐渐忘记曾经的颠沛流离。

三个月后的一天晚上，我刷着朋友圈，忽然看见他刚刚发的一条信息：一头的杂毛，满脸络腮胡子，身上已经没有了肉，穿着一条大裤衩，系着一条腰带，白色背心已经泛黑，背后是发黄的墙壁，配图只有简单的六个字：我活着回来了。

我赶紧打电话，那边继续关机，于是我发微信，破口大骂：你他妈还活着呢，你知道我们多担心吗？

一分钟后，他回复：龙哥，四十五天，因为对你们的思念才让我扛过一个个难熬的夜晚。

什么狗屁四十五天，我怎么感觉快半年了，你到底干吗了，是不是疯了，发生什么事情了？什么时候回来，立刻，我们见面！

5

2015年5月14日，网上出现了一条新闻："果敢三名中国老师被缅军当间谍逮捕"。很快，这条消息被娱乐明星出轨的花边新闻覆盖，消失在公众视线里。

谁也想不到，这条消息竟跟自己的兄弟有关，直到今天，我落笔记下这一切的时候，依旧觉得深深的后怕。

云南岔河坝难民学校有五个志愿者老师，来自全国各地，他们没有收入，没有福利，吃的是大锅饭，住的只是帐篷。那里有二百多个孩子，多半是十二三岁的哥哥姐姐带着六七岁的弟弟妹妹一起来上课，没有课本，他们就在纸上写下老师在课上讲到的东西。

一年后，我只身前往云南，见到了小云——五个支教老师中唯一的女老师，那年，她十九岁。

小云给我看手机里的照片，在一份学生作业上歪歪扭扭地写着一行字：

今天小云小南老师给我们上课了，我们很开心。

小云跟我说，当时他们动不动就要换地方上课，因为要么政府军打过来，要么同盟军逃难来，时不时有炮弹丢进中国境内，就砸在他们身边。五个老师，二百多个孩子，从这个山腰搬到另一个山顶，没饭吃就采蘑菇挖野菜抓虫子，渴了就蹲在河边拿着碗喝河水。

5月13号中午，他们的食物已经吃完，小南跟小云说去采野菜，于是就和另两位男老师翻过山头，向山的另一边走了过去。

山的另一边没有国界线，没有国门，没有碑，国界标记早已被炸得面目全非。三人没带护照，身上只有手机，还穿着当地发放的军用迷彩背心。

那天，正逢政府军攻打南天门，三人迎头撞上了政府军的队伍。士兵们高度警觉，果敢人多半都有中国血统，样貌与中国人无差，加上他们穿着军用背心，于是很快被包围了。

缅军士兵用枪顶着他们的头，问他们是不是同盟军派来的间谍。

其实，那几年有许多中国人跑去帮同盟军打仗，还有帮别人修战壕被捕的，缅甸没有死刑，但一判，往往就是几十年。几十年，对很多人就是一辈子。

第一次，小南被人拿枪指着，好在枪没有上膛，对方只是做做样子。可是，因为语言不通，士兵情绪越来越激动，三个人手抱着头，跪在地上，彼此都听不懂对方的话，但情绪上，已经被点燃了。

情急之下，小南开始说英文，对方走来一位军官，也用英语和他交流。小南解释了他们三个的来历和缘由，指挥官看着他们三个，硬狠狠地说出四个词：I don't trust you.

毕竟，一个穿着迷彩服的人，说一口流利的英语，太像间谍了。于是指挥官走了过来，没收了他们的手机，翻开相簿，雪上加霜，三人手机里面竟然满满都是战地的照片，最可怕的是，小南手机中有几张他穿军装的照片。

指挥官以为中国出兵开始干涉，顿时惊讶万分，一边让他们跟着走，一边汇报上级，枪也上了膛。

6

他们被抓当天，岔河坝难民学校立刻就开始联系北京小南的家人，也和外交部取得了联系。

小云跟疯子似的，到处发帖子，希望网络的影响力能传播到这里。可是，对于这些，我们一无所知。

如何才能通知到他们家人？又如何对缅甸施压，让他们放回这些本该出现在课堂上的志愿者？剩下的人想尽了所有办法：报警、发帖、报告当地政府，可是，没人知道结果如何。

他们，只能焦急地等待着。

在缅甸警察局里，他们被多次问到是不是间谍，被用枪指过脑袋，关在漏水的牢房，那里只有一扇能透出些微光亮的小窗，三个人关在里面，暗无天日，每次听到脚步声，都以为是找自己的，却只听到脚步声渐行渐远。

跟小南一起关着的其中一个叫老沐，已是两个孩子的父亲，小南问他：你为什么要来支教？

他说：我恨自己的生活，从小指腹为婚，过的是没有期待、没有挑战的平淡生活，活得没意思。

老沐生活在云南的一个小村庄，面朝黄土背朝天，很早就结了婚，有了两个孩子，可是，慢慢地，他觉得自己就快被生活逼疯，每天回到家跟老婆吵架，说老婆在限制自己的自由，自己想出去看看。

小南说：那现在呢？

老沐说：我不觉得自己错，只是很想她。

老沐说完这句话，眼睛忽然湿润了。

那段时间，他们每天都在干活，熬着日子，等着被宣布无罪释放，有人来接他们回家。看守所里有很多中国人，有些是贩毒被抓，有些前来帮同盟军打仗，有些是莫名其妙被骗来修战壕的工人。

前几天，他们看着清汤寡水的饭，无法下咽。

一个河北的中年人说，吃吧，像你们这样，至少关三十年。

小南说：我们什么也没做，为什么要关三十年？

那人吃着没有油水的菜，冷冷地看了他一眼，说：小伙子们，别想那么多，保命要紧。

于是，他们开始艰难痛苦地进食，锅里时常有虫子和灰尘，但总比什么也没有强，一开始他们还有些恶心，后来发现，人饿了，什么都能咽下。

起初几天，每次有人找，他们都会充满希望地看着外面，希望是中国那边传来的消息，可是，每一次都不是来找他们的。希望层层地破灭，也就习惯性地不让自己那么欣喜若狂。

最后，只剩下无奈和绝望。

每当夜幕降临时，只有昏黄的灯光和无奈地叹气。我无法想象发生了什么事情，只是在《肖申克的救赎》《X档案》这些影片中寻找到脑海中浮出的那些画面。

人在这种时候，很容易自怨自艾，甚至自暴自弃。加上周围的人负能量爆棚，逐渐就会变成行尸走肉，混着日子，没有灵魂。

可是，小南毕竟是我们的兄弟，他的第一反应不是放弃，而要锻炼好身体，然后学好缅语。这样，也算没有虚度三十年的光阴。

于是，他开始做俯卧撑仰卧起坐。监狱里有书，很多都是中文版的，他用闲暇时间，一个字一个字地读，那些书，至少能帮他打发无聊的时间。他时刻告诉自己：只要人活着，就总有希望。

当时，他的退伍手续还没办完，当兵前，户口早就被注销，公安局网站上根本没有这个人。小南最担心的是，别人查不到他这个人，自己军人的身份就会暴露，误解会加深，这样就更解释不清了。

可是，最担心的，还是来了。

7

他第二次被人拿枪指着的时候，是一把上了膛的手枪。

一个缅甸指挥官用英文问道：你是不是跟军方有关？是哪个单位、什么职位，来缅甸做什么？

一把上了膛的枪，顶着人脑袋，这个情节，电影中有，但若真的发生在生活里，真是万分可怕，不过是动动指头，一个人就从此会告别世界。

小南举起手，颤抖着说：Calm down.

不得已，他只能告诉指挥官，自己当过兵，只是现在已经退出现役了。

指挥官将信将疑，让他供出编号。

小南读书多，忽然想到朝鲜战争后有一个部队因伤亡惨重，取消了番号，他告诉对方自己就是那个部队的。他想，如果这个消息传回国内，相关部门也许能知道他的用意。

指挥官看他说出了番号，于是放他回了看守所。

刚回到房间，老沐问：你怎么了？找你说什么了？

小南一下跪倒在地，两条腿早就开始颤抖不已。

第二天，他知道自己应该回不去了。于是，他起得很早，开始学习读书，迎接后面的生活。

当日子失去了希望，你是选择垂头丧气失魂落魄，还是鼓起勇气，面对接下来可能遇见的种种黑暗？

8

上天不会辜负一个努力的人，希望终于还是来了。四十五天，通过多方努力，外交部也介入，终于证实三人不是间谍，更和参战的任何一方无关。不过是来支教的三个老师，于是，军方决定把他们放回。

他们最后一次被叫出看守所时，三人脸上却一点开心表情都没有，小南心里默默想：只要还没回到国内，所有的笑容都太早了，希望还没有成为事实。

他们被押送着走过了边境，桥的这边是战火连绵的缅甸，那边，是家。对面站着几名中国武警，穿着小南熟悉的军装。这边办理完手续，等待着那边的交接，三个人被反绑着，直到上了桥，才被松开手。

就在这时，缅甸这边的一个指挥官忽然犹豫了一下，看了他们一眼，对三个人说：你们两个可以走了，那个叫小南的过来一下。

小南刚准备放下的心，忽然又提了起来：又怎么了？

他们走进一个小黑屋，桌子上放着枪，房间里面，还有其他几个人。

等待小南的，会是什么？

就在这时，这个指挥官指着他的简历，说：这张照片没有照好，你重新再照一下。

悬着的心，终于放下了。

当天晚上，他们分别离开云南。老沐红着眼睛说：原来一直想要自由，后来才知道，有家人在的地方才是最幸福的。

小南跟他拥抱道别，飞机起飞的刹那，小南的眼泪刷地流了下来，地狱走一遭后，人只会更加珍惜自己拥有的。

我们在机场接他，一个拥抱，能说明所有。我们一边骂一边抽着他，而他见我的第一句话，简单而沉重：活着就好。

后来他对我说：生活里，你可以抱怨、指责，可是否想过，如果有一天，你失去了自由，失去了生活，甚至可能会失去生命，会不会怀念那些曾经拥有又不曾关注的东西，会不会悔恨那些没有用尽全力过好的日子？

9

小南回到北京，给我们一个字一个字地讲完这些故事。

接着，他删掉了所有朋友圈，剃了光头，他说：我要重新开始。

我们以为他从此消停了，在北京找个工作安安稳稳下去了。

谁知道，几天后，他扛着照相机，跟着一个剧组，又开始周游全国地拍摄。

他成了一个独立摄影师，用镜头记录生活，用相机写下青春。

他没有停留，继续开始了自己的步伐，越走越远。

我们在北京，依旧很忙，日子过得像被上了发条一样，停不下来。

可还是会经常聚，毕竟，很多友情，赚再多钱也换不回来。

一年后，我们在北京的一家home party，有人打游戏机，有人在玩桌球，有人在玩骰子，小南一个人点了许巍的歌曲，满满的啤酒，喝完一杯又是一杯。

我像风一样自由，就像你的温柔无法挽留……

手机开着视频通话，电话那头，是小云与老沐夫妇，他们在昆明的另一家KTV相聚，一年了，感谢我们都活着。

小云在肩膀上文了一个反战标记，有人问她，你怎么文了一个奔驰啊？小云生气地说：你才是奔驰，你全家都是奔驰。

希望以后我们都好好活着，永无战争，永无眼泪，永无恐惧。

10

小南去了厦门，又去了西藏，接着又去江西。他继续用自己的相机拍着这个世界。

我本来想问他，出过这么大的事，为什么不能成熟点？直到有一天我读到了一句话：惜命的方式是不停地折腾，而不是故步自封。

我终于明白，很多人的宿命就是这样，他们身体里有一种与生俱来的不安稳的基因，愿意去远方，愿意颠沛流离，愿意去看外面的世界。哪怕，外面的世界充满挑战，其实，哪里又没有挑战呢？

他们尊重生命，从不挥霍青春，因为他们清楚生命只有一次，所以要无所畏惧地走着，义无反顾地过着，他们越走越远，自由地走，无所畏惧地走，因为越走，世界越大。

这篇故事我写了一个月，整整一个月，改了写，写了改，结束后，我拨通了小南的电话，告诉他，我可能会把他变成合集，写到下一本书里，我把稿子发给了他。

他说：好。

一个小时后，他回了一条信息：龙哥，故事很真实，只是，你漏掉了一个人，我讲给你听？

我说：要不，你讲给大家听？

他说：好。

◆男女间有种感情：不牵手的同行

1.我

我是龙哥一书《没有一条路是白走的》中的小南，也是这故事的主角。龙哥让我跟大家聊一聊，回想起在缅北厚着脸皮跟狱长要纸和笔写东西的情形，现在甚是惭愧——当时是怎么也要不来，现在是迟迟下不了笔。

龙哥故事结构很棒，基本就是那个时候的状况，只是，有一个人，我谁也没说过，过了这么久，写给大家，也写给你，如果你能看到。

这篇文章的名字，就叫《男女不牵手的同行》吧。

2. 没有牵手的同行

我的发小儿"可乐"，一个从小会弹钢琴爱音乐的姑娘。

从小到大我们伴着对方成长：小学在彼此的家中玩耍；虽然初中分开，但她还是会借我抄假期作业，我总是跑到她的家里，听她弹钢琴曲《卡农》。

后来她有了男友，而我一直单身；又过了一段时间，她单身时我有了女友。那时的我们，时常在电话里幼稚地谈论感情问题；再后来她去了想去的大学，我考入了心目中的军校。

在军校限制使用手机，不知为什么，我总是会在夜晚想起她，于是，数不清的日子里，我们开始写信，聊着各自的生活。

可乐出国念书前我送她一本北欧版《孤独星球》，因为有一次，她告诉我想去看极光，而这是我唯一能给她的希望。

慢慢地，我们的心越来越近，见面却越来越不易，我们保持着没有牵手的同行。

她有没有喜欢过我？我有没有对她心动？

3. 不想留下遗憾

我出发去边境支教前，她正好回国一段时间，我们有了见面的机会。难得的见面让我们聊了很多信中没有写到的生活，像以前一样——我喜欢逗她，她喜欢笑。

那一天，我告诉她自己要去的地方是边境，做的是志愿者。当时她对这一切没有任何概念，只是说："你觉得有意义就好。"

临别时，她说："好可惜，以前想在你还穿军装时抱你一下。后天你就要走了，我们拥抱一下吧。"说完她看着我，我却有些不好意思地低下头说："留个念想吧，希望不是最后一次见面。"

当时我们不知道，这一次，差点就变成最后一次。

出发的前一夜，越来越觉得如果只是留下"念想"会不会有点遗憾？如果真的出现什么情况，我是说如果……要不要留下一些话？

于是我给她写了"最后一封信"，上飞机前投递了出去。

在开往边境小镇的长途车上，我用短信告诉了她："万一出现了意外你再拆开信，里面有需要你帮我完成的几件小事，不麻烦。"本来还没有什么概念的她一下子担心了起来。我回复："应该是没事，不想留遗憾而已。等我回来，你再把信还给我。"

可乐说："记得每天发一个信息给我。"

此时，耳机中是单曲循环过无数遍的钢琴曲《卡农》。

4.你好就好

到达边境地区，我很快就适应了救援工作的节奏。

在这儿听到的枪炮声，看到逃离家园的难民，直观地组成"战争"这个词，而战争中受苦的永远是老百姓。

我们十多人的救援团队负责一万多难民的吃住医疗等问

题。尤其当看不到停战希望时，孩子们的学习成了问题。在负责人的带领下，我们建立了难民营帐篷小学，我成为住在难民营中的志愿者老师。

这里每天的生活都在变，唯一不变的是我每天都给可乐发一个信息，内容很简单："一切安好。"有时因为山中信号不好，短信发不出去，等到第二天爬到有信号的山坡后，就会收到她急切的询问。

还有一件事，我遇到了小云，她也是一名志愿者老师，她照顾孩子时的纯真打动了我。

也许在一起吃苦的环境下，是爱情的催化剂，慢慢地她成为了我的女朋友。那天我在发给可乐的信息中加上了这个消息，她回复："嗯，你觉得好就好。"

随后她说："信在我走的时候都没有收到，应该是退回到了寄信地址。这也许是天意，你会没事的。"

我答："好，但愿。"

一切很自然，只要你好就好，我也希望她过得好，我们继续同行着。如果不是发生之后的意外，我还是宁愿她看不到信的内容。

5.信还是打开了

生活中没有如果，发生了就是发生了，再见可能就是再见，永远可能真是永远。

自从那天我和另外两名老师失联后，可乐就没有再收到我的信息。她焦急地和其他人想办法的同时，内心相信我会平安回来，或者是她选择相信我会平安回来。

她一直没想拆开那封信。

直到各方寻找线索时，找到了退回的那封信，在征得她同意后，这封信最后还是打开了。信中一共四小段话，前三小段分别是留给父亲、母亲和一个很好的朋友。

最后一段是给她的：

"还记得你弹的《卡农》吗？我第一次听到就很喜欢。写这封信之前我一直认为谁也没资格说'这辈子'，也许现在我可以说了。它是我这辈子听得最多的一支曲子。能不能再弹给我听？谢谢你给我带来的快乐，也真诚地祝你幸福。"

有人把信拍照给她发了过去，至今不知道她看后的反应，也从来没问过她。不知许久没弹过钢琴的她是否还熟悉指法，还记得我熟悉的旋律。

她只在后来的谈话间提过：那段时间又变成小女生，爱哭了。

6.太阳照常升起

与死神擦肩而过后，我们被转移到监狱中。面对着"法律"弹性很大的"缅北"，什么时候能回国是个未知数。

可能是明天，也可能是三十年，而后一种结果法庭可能不需要任何证据，这辈子也许就这么废在那里了。

经历过几个纠结的夜晚后，我觉得不能再想这个问题，就算在这里也要过好每一天。我开始有规律地看书、健身、学习缅语。可难熬的还是深夜，头上二十四小时不灭的日光灯伴着空中蚊子与地上蟋蟀、蚂蚁的进攻，入睡不是一件容易的事。

这时，我会回忆曾经的人和事，当然包括可乐。想到钢琴曲《卡农》，想到未完成的拥抱，想到"最后一封信"，想着始终"同行"没有"牵手"的我们是否会在各自心中留下一点点遗憾……慢慢地我睡着了，第二天，太阳照常升起，世界依旧在转，我接着起早锻炼、看书、学缅语。

不管环境怎么样，日子总会继续，既然无法决定环境，能决定的，就只有自己了。

7.不是遗憾是幸运

四十五天后，我重新踏上祖国的土地。

打开手机后，不少亲朋好友都打来电话，随后收到了可乐从国外发来的信息："你先忙，没事了给我信儿。"

第二天我们通了电话，讲了几句后，她像以前一样被我逗乐了，随后又笑又气地说："别逗我！本来想如果你回来了要狠狠骂你一顿，不知为什么，现在骂不出来了。"

当我回到北京，她还在国外；后来，她毕业回来了，我又去了外地拍摄。

心还在，见一面还是那么不容易，心越来越近，距离其实从未远过。

直到过了快三个月，我们才有时间碰到一起。到了约定的饭店门口，还没进门，她突然说："不行，我要先抱你一下。"

我还在愣着，可乐已经将我抱住。

那一刻，心中没有悸动，只有平静。

这个拥抱，我等了太久，她想了太久，时间最终让我们变得圆满，让这个故事有了一个像样的结局。

吃饭时，我像往常一样爱逗她，她爱笑。直到她有些羞涩地说："我前两天答应和一个男生交往了。"

我微微一笑，说："你觉得好就好。"

还是那么自然，的确，只要你好就好。

那一刻，我明白了狱中思索的答案：

不牵手的同行不是遗憾，是幸运。这一路，谢谢你的陪伴，愿这幸运，有彼此在身边，能变成更好的幸福。

——李楠

扫码与作者面对面

西雅图，漂洋过海来看你

"我喜欢那种爱，也许冲动盲目，有些不计后果，没有谨慎细致的备选计划；那种爱如飞蛾扑火般执着，在眼里只看得到另一个人，满脑子里都在想着对方，无须理由便可以因为一个人爱上另一座城，不计得失便可以放弃已有的一切，漂洋过海远走高飞。"

文 / 左微

1.邂逅，冥冥中的缘分

认识他的时候是在学术自由、人文气息浓重的复旦，相辉堂前绿茵成片，三教门前绿树成荫，那是我二十出头最美好的青春年华。

我去办公楼为班级活动盖章，见到了光华楼前长椅上一个背影，一个金色头发的男生低着头，听着音乐，很是投入，他衣着简单干净，背影被光线拉得好长……时隔十年，那幅宁静安逸的画面仍然历历在目，而那时我竟唐突地上前拍他的肩膀搭讪。

那男生抬头时清澈单纯的眼，如同静谧的湖水般深沉，年轻帅气、高高个子、微笑时脸上美丽的弧度、握手时的温暖……后来熟悉了，他说以为当时的我要来推销东西才如此友善；我说，没想到一个人的正面和背影都可以那么好看。

那时的我一定是个看外表的视觉动物！结结巴巴红了脸，最后成功地把十一位数的手机号码留在了他的笔记本上。

如果那天我不去办公楼，如果那天他没有提前来学校，如果遇见的时候我没有停留，如果停留之后我没能主动说话……硕大的时空，太多的如果可以发生，太多的人可以擦肩而过，而我们从此相识相知，这是不是所谓的，冥冥中的缘分？

2.那些好，我都记得

他是个美国人，来复旦学习中文，咧嘴而笑，眼神清澈，笑容温暖。

没想到的是，我们一拍即合。

他买了一辆捷安特的自行车，载着我在校园里穿梭而过——在同学们羡慕的目光里，我们飞一般地穿过大街小巷去吃最正宗的麻辣烫、鸭血粉丝、小笼包和小馄饨，我总抢着付钱导致店老板揶揄他怎么老要女生请客——其实老板不知道，他攒了好久的钱贡献给了能看到上海外滩美丽夜景的昂贵大餐。

那时的我们，清贫但对未来充满着理想。

我教他打乒乓球、羽毛球，收下一枚手下败将；他教我跳disco，说："就像这样，一、二、三、四，左、右、左、右，切菜、拖地、打扫卫生、晒衣服……随便什么动作都可以，反正没什么人看你……"一杯鸡尾酒下肚，不会跳舞的我已经顾不上面子，在舞池里七上八下、手舞足蹈。

东方和西方的文化，在我们身上交融得无比美好。

我要他陪我去图书馆自习——座位紧俏，很早就要去占位。早晨七点半的图书馆里，我在看书，不经意间发现他枕着自己的手睡觉，口水顺着手臂往下流。

课间收到一个短信"在门口，快点出来"，然后见到了门外一脸得意的他从裤兜里掏出一杯酸奶、一个苹果，满脸是狡黠的微笑。

……

那是最美好的年纪，那是最美丽的相遇。

不在乎天长地久，只在乎曾经拥有。时间让我们回不到当年的过去，可是过了那么久，为什么那些美好，点点滴滴我都会记得？

3. "结婚，是女人的再次投胎"

大半年后，我在电话里把他的存在含糊其词地告诉了妈妈，没想到，引起强烈的反对和不满——从小到大妈妈一直委屈辛苦自己也坚持要尽可能地创造条件让我读书，她用自己的生命在全心全意地爱我——在她的设想里，优秀努力的女儿会被一个更加优秀努力的男生捧在手心，像一棵大树一样撑起一片天空，让我可以好好被照顾。

那个时候，和一个外国人在一起，是大多数妈妈无法接受的。

漂洋过海嫁出国，更是个极大的不确定因素。

妈妈很怕我吃苦，希望我能够把握住"女人再次投胎"的机会，找个条件好、又对我好的人；而她心目中理想女婿的条条框框他都严重不符合：

他不是成熟稳重、年纪比我大几岁可以照顾人的哥哥，而是比我小一岁半、自己还像个小孩一样的大男生；他不是成绩优秀、让老师父母骄傲的博士生，而是学历和成绩都非常一般、老师根本记不住名字的普通学生；他不是那种拼命努力、把自己往死里逼的奋斗者，而是愿意有空去公园走走、在家里看看电影做做饭的享受生活的人；他不是和我来自一个故乡的人，两个地方有着很多不同的风俗和习惯，如果将来一起生活，到底谁迁就谁？他们的传统思想不讲究男方买房写女方名字，而是男女双方都要从零开始共同承担、一起奋斗……

文化上的碰撞，背景上的交锋，全部压在了我的身上。

妈妈就像一个看尽人世沧桑、经验老到丰富的说客，晓之以理动之以情，把身边三姑六婆、同事邻居的故事一一道来，让我觉得原来我喜欢的他是多么的平凡普通，我珍视的感情是多么的幼稚可笑，我们以后没有婚房，在大城市里蜗居的日子是多么的暗无天日，我要承担家里"大姐姐"的角色是多么的复杂麻烦……如同洗脑一般，我开始觉得，我的另一半需要是能够体贴照顾我、年纪更大、能够为我买婚房的优秀男士。婚姻是女人的第二次投胎，而他根本就不符合要求……这样的话应该当断则断。

4.听妈妈的话

一夜之间想法大变的我把他约在了教室门口的楼道里——在周五晚上，那个很多次他过来给我送苹果、送酸奶的地方。他依旧手插在裤袋里、满脸得意地准备献上零食宝贝，而我却板着脸说："我们不合适……这样根本没有未来……长痛不如短痛，我们分手吧！"

转身离开的我眼里含满了泪——平心而论，那些一起相处的大半年时光，我是真心付出的，如果抛开那些世俗功利、日后买车买房的生活压力，我是真心喜欢他的。可是听了妈妈劝告我告诉自己，不要回头看，分手是件对我对他都好的事情，现在的痛苦一时，好过将来的痛苦一世……

我忍住泪没有回头看他一下。

我更不知道他那时的表情。

灌了铅的腿不知怎样挣扎地走回了宿舍。家在上海的室友都周末回家了，只留下我一个人趴在床上流泪，整晚睡不着，早上也不想起床，不想吃饭，没有精神，没有力气。心里如同黑夜笼罩，我摸着心脏的跳动，却感到了心被割裂般的痛觉。

听妈妈的话，我让心爱的他变成了前任。

理性告诉我这是对的，是必须要做的事情，可是心为什么还是那么滴血般难过？眼泪为什么一直流，怎么也停不住，脑子为什么总在想两人在一起时的点点滴滴，会想这个时候他在干什么？我删除了他的联系方法，屏蔽了他的电话，可是手怎么一直在翻我们以前的短信记录，互发的邮件、日记……

这难道就是"成长的阵痛"？这就是所谓的"现实的残忍"？

我觉得，我要窒息而死了。

5. 我不甘，不尝试就轻易放弃

窒息般的痛苦持续了不知多久，天昏地暗，触景伤情。

有一天下楼我看到了站在楼下的他，头发很乱，眼睛里满是血丝，胡子很久没刮，曾经阳光灿烂的面庞如今却写满了颓废——那都是因为我的残忍和决断，我把那个单纯快乐的他弄丢了，变成了眼前这个愤青般的颓废男子。

我们就这样面对面站着，看着对方，却无话可说，百感交集，我的眼泪夺眶而出。

他嘶哑着喉咙，慢慢地挤出几个字——"我好想你！"

我忍不住扑进他的怀里，大声地哭泣，大口地嗅着他身上熟悉的味道。

那一刻，我似乎重新活过来，每个触觉和味觉、那心跳的悸动和喜怒哀乐的存在都变得真实。

那一刻，我突然觉得自己真的不甘心——不尝试就轻易放弃一个很喜欢的人，放弃一段很美好的感情，放弃一个有可能的未来。也许我不那么勇敢，但我至少不应该太懦弱，我应该放手一搏，纵使最终没有结果，我也决定不让自己的青春后悔！

6. 毕业，又一个路口

终于，我决定为自己的选择负责。

于是，一方面我隐瞒了妈妈，从此谨言慎行，不再提起他的存在；另一方面我认认真真、踏踏实实地和他在一起，享受点点滴滴的幸福和互相督促的进步。

我们耐心教对方中文和英语，纠正发音、练习语法，以学习语言为名，看无数中英文电影；把学校图书馆的椅子坐穿、免费空调吹够；我们尝遍上海的小笼包和鸭血粉丝汤，一起去超市菜场买菜做饭；参加"复旦—斯坦福"中美学生大使比赛，拍视频、做演讲、参与知识问答；融入彼此的朋友圈……他在复旦学习两年，我们无比珍惜、无比快乐地度过每一天，在彼此生活中发挥着积极的影响和作用，用热情和青春留下了单纯而美好的回忆……

我在两条船上找寻着平衡，尽量不让大浪打翻任何一条船。

时光不会停滞，纵使千般不舍，终于还是迎来了毕业，那是又一个路口。

他要回到美国去完成自己的本科学历，因为在复旦他只是学习语言。

那时我做了一个大胆的决定：我想读教育方面的硕士，这方面的硕士一般没有奖学金，所以我决定用两年的时间赚够学费、积攒工作经验。

我要申请他所在城市的研究生。

离别之时，我们有对未来的未知和迷茫，有害怕和不安，那时，唯一能承诺的只有彼此的爱——我们承诺在各自的空间里加油，为以后在一起的重逢努力，哪怕再辛苦再痛苦，也要共同承担，一起克服。

我们约定，两年后，在美国相见。

那是我第一次约定，那是我第一次和一个人约定在一个遥远的地方再会，那是我最爱的人。

我们有了一段分隔两年的异地恋，有了我在上海新东方教托福的痛并快乐着的日子。

那时，为了赚够出国的学费，为了提高自己的英文，我废寝忘食，每天不停地工作。

我清楚地记得，在寒暑假的时候从早上八点到晚上十点都有课，我坐着地铁、的士、摩托车等各种交通工具穿梭在上海的各个新东方教学点；常常赶到一个教学点之后只有十来分钟消化盒饭，然后马上要教下一节课——可是想到我们的约定，我便像打了鸡血一样斗志昂扬。

我的嗓子慢慢沙哑，蜂蜜茶和胖大海拼命喝；晚上回家以后，我常常很快刷牙洗澡倒头就睡，连和室友寒暄打招呼的精力都没有——可是每次收到他的邮件或是电话，这些疲倦似乎被清空，又可以继续坚持下去了！那些体力和精力似乎被全部抽空的日子，他的声音、鼓励和问候是支持我走下去的源源动力。

每次想到他的微笑，我就明白，所有的离别和坚持，都是有意义的。

将近两年里，我们每周几个电话、几封邮件、一次

skype视频，彼此把思念透过网络和电波传送。

我明白，他也是这样想的。

他告诉我他暑假在餐馆打工，一个假期下来可以攒下来看我的往返机票；他说起打工过程中蛮不讲理的顾客、要求很多而小费很少的顾客、出手慷慨大方的顾客；他说起上学的路程他需要先坐火车然后再转公交，每天来回需要两小时；他说如果我到了他所在的城市，开车十来分钟便能够看到大海……

我努力地汲取着信息，脑补着画面，在日历上倒数着时间……

终于，存折上的数字慢慢增加，我仔细地盘算着，这些可以用来交第一学期的学费、这一部分是房租和伙食费，照这样的速度下去第一年的学费就快有着落了！

7.西雅图，我来了

毕业将近两年、在新东方教书一年半之后，我开始筹划自己的硕士申请材料。

我决定去美国读研，一方面因为能够见识到更广泛的世界、能够塑造更优秀更有见识的自己；而另一个重要方面是：这将结束我们十分辛苦的、充满挑战的异地恋，让我们可以近距离地生活在同一个城市里。

很多人说去美国留学的都是富二代，其实也不尽然，我见过太多每天都在努力的人，他们只是为了让自己的世界变大，让自己的步伐变宽。

我在内心里知道这将是一个冒险的决定，但我愿意为了我们的感情放手一搏，我愿意为了自己的未来投资。

其实，这期间，妈妈有过无数次反对、有过不理解、有过质疑——好好的新东方老师的工作、在上海那么好的城市、安定顺利的生活，为什么要放弃这一切？

出去读书又能够带来怎样的回报改变？想起对他的承诺，我坚持只告诉妈妈去美国读研是给自己的投资和深造，只是为了让自己站得更高、看得更远，而且我自己可以负担全部的费用，不会动用他们辛苦存下的养老钱。

现在想起来，一个女孩子，当时竟然有这样的豪情壮志，谁又能说爱情的力量不伟大呢？

我丝毫不提大洋彼岸的那个他以及我们的约定，因为我知道这样会带来妈妈更大的反对和质疑，我要先斩后奏，或许这时，适度的隐瞒和沉默是最好的选择。

或许对待父母的坚持，适当的隐瞒是更好的爱。

因为在新东方工作，英语水平以及申请流程的熟悉，我决定自己申请美国的学校，这为我省下了很大一笔钱；因为他在西雅图，而西雅图最好的大学是华盛顿大学，所以我决定只申请这一所高校的教育学研究生项目，而不是阶梯性的申请多所不同大学以保万无一失。

而在此之前，我对西雅图一无所知，对这座城市的印象不外乎是电影《西雅图不眠夜》，以及星巴克、微软、Amazon。

现在想来，当时破釜沉舟、愿意放弃一切的决心和对于他所在的城市近乎盲目的执着，都是陷入爱情的人的表现吧！

一辈子，能有几次机会，疯狂地爱一个人，并为他付出一切呢？

功夫不负有心人，终于，寄出申请信的四个月后，华盛顿大学教育学院"教育领导力以及政策研究"方向的一纸研究生录取通知书来了！

虽然我没有获得任何奖学金，虽然华大国际学生的学

费是本州学生的三倍，虽然当时美元和人民币的兑率只有
1：6.58，虽然我的所有储蓄将只能勉强支付一年学费，而
生活费需要另外想办法，虽然我在那里除了他没有一个亲
人朋友……

可是……去你的虽然，去你的可是！西雅图，我终于来
了！那个住着他的、让我思念的城市啊，我终于要一睹你的
风采了！

我喜欢年轻时的那种不顾一切的爱，喜欢那种如飞蛾扑
火的执着。那时我眼里只看得到另一个人，满脑子里都在想
着他。我不需理由便可以因为一个人爱上另一座城，不计得
失便可以放弃已有的一切，漂洋过海远走高飞。

现在想起来，我真太牛了。

8.万事开头难

终于，我到了美国。

开学之前的两周，西雅图，无忧无虑：

我们到世界上第一家星巴克咖啡的发源地，听店员说一
家小小的门店是怎样诞生，又怎样衍变成为世界的咖啡巨

头，排着长长的队伍只为买这第一家门店的一杯咖啡，尝尝最原始的星巴克的味道。

我们到当地的农贸花果派克市场，花几美金便可以买到沾着晨露的最新鲜的花束、沾着新鲜泥土味道的水果，还有当地最有特色的小手工艺品和果酱，看小贩们让人眼花缭乱的扔飞鱼表演。

我们也走在港口的码头，看远处的雪山、近处的湖，还有买路边小贩提供的海蛎浓汤，在呼呼的大风中拿着面包蘸着浓汤吃。

我们也去西雅图最高的天空塔，在晴朗无云的天气里登高望远，目光到所及的最远的地方……

如果生活一直是这样的新鲜快乐无忧无虑该多好。

可惜不久我便发现，开学了，许多问题渐渐浮出水面：

我以为当过了新东方的托福英语听力口语老师，自己在美国读研究生的学习定是一帆风顺、非常容易；我以为教过别人如何在美国大学听讲座、去office hour、与同学互动，轮到自己时就会水到渠成、相当自然。可是当面对现实的残忍，人就只能硬扛。

　　我学的是教育，留意到班上同学很多都是已经有二三十年在美工作经验的一线教育工作者、教育行政管理人员，他们在课堂上能够分享的自身工作经历的例子总是那么深入透彻，而且合乎情理；班上除了几位包括我在内的国际学生，绝大多数同学的母语是英语，他们总是发音标准、选词到位；那些四五十岁、已经成家立业的同学，平时是工作的，只下午四点到六点过来上课，然后又匆忙回家和家人共度晚餐，周末也和家人一起度过，这些人行色匆匆，与我们的交集十分有限……我从各方面感受到了与其他人的不同，忽然，我前所未有地感觉自己成了一个"少数民族"。

　　当我在学习总遇到困难时，我开始不由自主地怀疑自己，曾经的自信荡然无存：过去十多年一直擅长的学习怎么一下子变得被动起来？一直很自信踊跃发言的我怎么开始害怕和顾虑起课堂发言来？一直和同学关系处得不错，现在却只是相互点点头，并没有深入的友谊。我觉得十分紧张和害怕。

　　除此之外，因为我并没有拿到奖学金去读研究生，我非常努力在寻找第二年获得学校奖学金的机会，在系里系外、学校各种岗位的通告里寻找得到奖学金机会，不停地尝试，投了六七十份工作简历却一直杳无音信。

好几次我承受不了各方面的压力和心理的落差而失声痛哭，多少次我跟自己说，要不然就算了，回去吧！

我清楚地记得他轻轻地拍着我的头，任我的泪水湿透他的肩头，他就像哄小婴儿一样轻声地说着："不要急啊，你要慢慢来。才来美国一个月，什么人都不认识，你已经做得很棒了！给自己再多一些时间，继续努力，你的机会一定会来的。"

他说："美国不相信眼泪，只有坚持和努力可以做到，我会一直在你身边陪你的……"

在他的轻柔呓语中，我带着眼泪睡去……

谢谢你，在我最需要的时候陪着我。

现在想起刚到美国读研的那段时间，各个方面都遭遇到了不小的困难，此前总一帆风顺的我被打回原形，不得不从零开始慢慢积累，不断做出新的尝试——有多少次想要放弃学业、想要重新回到上海新东方的时候，是他在旁边坚定地鼓励我，充分地信赖我，认真地开导我，努力地哄我。

"万事开头难"这句话说得没错，而我十分庆幸在这条艰难的路上，我不是一个人在战斗。

我庆幸他不曾放弃我，我也不曾放弃变成更好的自己！

我庆幸，是他。

9.我要改变

美国不相信眼泪。

我决心要改变，并且从生活学习的各个方面都进行改变。

我曾经很依赖他早上送我上学、周末带我去超市，有活动的话还会接送。

我发现给自己提供便利的同时却给他增加了很多负担；即便他从不抱怨，但负担一定是存在的。

于是，一方面我开始埋头苦读西雅图的交通路线图，寻找多条到达学校、中国城、市中心、商场等地的交通路线；另一方面，我开始为在西雅图通过驾驶资格考试做准备，下载电子书资料学习、报名参加驾校培训，并且一次就顺利地通过考试，拿到驾照，从而出行更加容易。

我逼迫自己更加积极主动，从课堂发言到和同学交往。

　　我规定自己在每堂课上至少要有一次举手发言；每节课的课余时间要和一个从来没有说过话的同学说几句话；对于听不懂的笑话和典故，硬着头皮多问同学或者问他，然后把这些新知识记在笔记本里。

　　积少成多，我总能懂的。

　　我也利用中国春节、端午等等传统节日的机会，做些中国菜请我的美国同学来家里增进友谊，他也非常愿意帮助我一起准备——我惊喜地发现简单平凡的家常小菜，诸如番茄炒蛋、辣椒炒肉、四季豆炒肉末、酸辣土豆丝都异常受美国同学们的欢迎，虽然我清楚地知道自己的厨艺到底有几斤几两，但在他们的心里我就是厨神转世、厨娘下凡，他们真诚的赞美之词以及每次盘子都一扫而光的实际行动让我倍感欣慰。

　　我更加有的放矢地争取奖学金和工作机会，针对需要跨文化交际、双语能力、沟通能力的职位或奖学金投简历，向成功获得工作和奖学金的前辈学姐汲取经验，在系里的秘书处和教授面前表示自己的兴趣和能力……

　　我开始努力克服最开始的挫败感——那种从云端跌落、

从别人认可喜欢到没有人赏识、需要从零开始的过程。

他耐心地告诉我，到了一个新的环境，周围人都不认识你的时候，大家没有责任和义务要喜欢你、赞赏你、信任你，不要怕慢，哪怕从零开始。

在度过不知多少个自己很努力付出却没有回报的日子，流着眼泪问"为什么"的夜过后，我开始少计较获得、多看重成长；少在意别人、多在乎自己。我开始变得平和、不那么患得患失，把失败、没有回信、不受赞赏当做一种常态，尝试用自己的努力赢得一种不一样的状态。我开始对生活中的小事、小快乐更加感恩：一辆不需等几分钟就到的巴士、一位同学分享的手工饼干、买到的咖啡上有着漂亮的图案、课堂上举手发言时流利的回答……我也更加珍视一直守在我身边的小茶，感激他的热情鼓励，感恩他的不离不弃。

也许生活本来是这样，可是当我更加积极地面对学习生活的方方面面、充满感恩和善意地面对周围的人和事时，我看到了生活在对我微笑；我能感受到过去的每一天都有进步、充实有意义；我感到了小茶对于我在异国他乡努力打拼的佩服和支持。

万事开头难，难的时候挺过去了，之后便是水到渠成，不论学业、工作，还是感情，因为他的支持和自己的努力，我一步一个脚印、踏踏实实地走出了一条向上的道路。在他的鼓励之下，我变成了更好的自己，我们成为了更加有凝聚力的彼此。

10. 我该怎样告诉你，我的妈妈？

我在西雅图慢慢地站稳了脚跟，与此同时，该解决的问题，却一直没有解决——妈妈的反对。

最初认识他的时候，我曾经毫无保留地告诉了妈妈关于他的一切，结果妈妈勃然大怒，坚决对他说不，直接引发了我们分手的悲剧。

接下来的九年时光里，我同妈妈进行了一场有关于他的艰苦卓绝、斗智斗勇的拉锯战，目标只有一个：让我的妈妈接受他。

其实很多中国姑娘都有过类似的经历，自己很喜欢的人可是自己的母亲却不接受，分歧很大，甚至有些到了"男朋友还是老妈，你自己选一个"的地步。

可是，非要选择吗？

我们的感情一开始就受到了来自母亲的巨大压力，而我爸爸的态度是既不支持也不反对。

我想天下每一个母亲都是为自己的女儿好、希望女儿有幸福的前途和未来，她们的反对、担忧和顾虑是因为男方没有能够满足她们对于女婿的全部要求，而女儿是妈妈的珍宝和骄傲，值得被另一个人好好呵护。

所以我知道这将是一场长期的心理战，这期间，需要爸爸的加盟，说服、动摇妈妈的观念；需要小茶努力表现和证明自己，减轻妈妈的顾虑；而自己更不能用敌对态度，要用交心和倾听的态度去了解妈妈的想法，不时地和她沟通，让她明白我所需要的、看重的、在乎的和向往的。

先是狠狠地隐瞒了妈妈好几年，再就是大三大四以及毕业后在新东方工作的四年里，只谈学习和工作，感情生活一片空白——这让妈妈好生着急，和很多的中国父母亲一样怕自己的女儿成为"剩女"——我不禁想，经历了那几年的干着急，妈妈的心理预期和标准会不会稍微有些下降？

到美国读研后，我开始慢慢告诉妈妈他也在这所城市，作为朋友他非常照顾我——开车带我去超市采购，帮我练习英语，有空的时候带我去西雅图周围的景点。妈妈一开始很沉默，过了一段时间不断听到他的帮助之后要我和小茶道谢，感谢他的照顾。渐渐地，我能感受到妈妈对小茶不再那么反感和排斥了。

我也把小茶家人的热情和友好告诉妈妈：他的母亲帮我审阅我的英语论文初稿并且提出宝贵意见；他们一家非常热情地在圣诞节用火鸡、土豆泥等传统美食招待了我；他的家很温馨有爱，家人之间相处其乐融融……当妈妈认真地听着这些细节时，并时不时发问时，我明白她开始尝试慢慢去了解这个美国男生以及他长大的环境了。

许多事情，唯有努力和点滴的改变，才能水滴石穿。

我先赢得了爸爸的支持，在两边战线集中靠拢的指导方针之下，我点点滴滴讲述着、改变着。渐渐地全盘托出、毫无保留……终于，妈妈松口了，她的态度开始不那么强硬，对于这个美国男孩，也多了很多对晚辈的关心。

解铃还须系铃人。

这些年，他也付出了很多扎扎实实的努力：为了和我的爸爸妈妈交流，他更加努力认真地学习中文，并且开始学习一些我老家的方言——长沙话。

他曾经和我的妈妈有过一次面对面的深入的谈话，没有旁人，没有翻译，他努力地听着妈妈带有浓重长沙口音的塑料普通话，脑子里很快想着回答……

他告诉我那时候他的手掌心全都湿透了，人紧张得要发抖。

他回答了我妈妈提出的不少问题，而他那流利的中文、真诚的回答、直视的眼神最终赢得了妈妈的认可。

终于，我们胜利了。

他事后告诉我那段将近两个小时的艰难对话时，我不禁换位思考：如果换做了我，要用非母语，在陌生的环境中，向一位并不十分认可自己的长辈努力证明自己的真心和潜力，我能够有勇气承受吗？

因为我，他需要努力地证明自己，需要更加拼命地提高自己，需要在别人的不认可之中拼出一条属于自己的路。我十分感激他所做的一切，以及在这一条漫长道路上洒下的每一滴汗水、扬起的每一个微笑。

谢谢你，我爱你。

11.收获的季节

人们常说，秋天是收获的季节。那十月金秋累累的硕果为一年的辛劳交上了满意回报。而我的收获，在夏天的六月——

多年在象牙塔中的努力，一纸博士毕业证书将自己的教育经历画上了圆满句号。

虽然教育是终身的事情，但那些在图书馆里面对电脑敲打键盘的日日夜夜终于获得了回报——当厚厚的博士袍加身时，每一份重量似乎都是累积的知识；当走过热闹的人群之时，众人的欢呼声、掌声给予了我们无限的荣光。

我所在的华盛顿大学教学中心邀请我加入，那将是一份教学、咨询、培训等多方面综合性的工作，我的学历背景、与人交际沟通的能力将可以被最大化地发挥，我将继续在美丽的华大校园里工作。

而在小茶的故乡密歇根，我们俩跨十年的感情终于可以得到大家的祝福，那是我对于六月最美好的回忆：

美丽的密歇根湖畔，阳光灿烂，万里无云的晴空下，我穿着一身珍珠白的鱼尾婚纱，被爸爸搀扶着、在亲朋好友的注视之下缓缓走过红色的地毯，红色和白色的搭配十分和谐美丽，我留意到了妈妈眼角的润湿、伴娘团姑娘们美丽的微笑、现场观礼嘉宾们的笑容、小茶蓝色眼睛里的激动……这时的我，百感交集。

红地毯的那一端站着那个我认识了快十年的他，西服革履，十分帅气。

他的微笑，一如从前，阳光灿烂，清澈纯洁。看着他，我不禁想：这十年里，我们经历了来自家庭的阻力、克服了太平洋的距离、穿越了地域和文化的差异、接受了时间的考验，不放弃、更努力，最终走到了一起。这最后的胜利果实真的来之不易，从而更加值得珍惜。

谢谢你，愿意陪着我颠沛流离。

谢谢那个曾经努力的自己，能把爱情收入怀中。

谢谢那些挫折，让彼此更加懂得珍惜。

12. 我喜欢这种爱

我想把这个故事分享给你听，希望如果你也遇到了合适的人，一定要努力争取，不要因为身边人的反对而迷失自己内心的声音，不要让自己的以后留下后悔。

如果你的父母亲也反对，而你认准了对方是对的人，请坚持下去，因为父母亲总是爱你们的，希望你们幸福的，而持之以恒的诚心一定可以最终打动父母。

我曾经几近放弃，可是那时的不甘让我决定至少再尝试一次，现在想来真是庆幸，也感谢那个无比勇敢、创造机会的自己。

我喜欢这种爱，也许冲动盲目，有些不计后果，没有谨慎细致的备选计划；这种爱是如飞蛾扑火般执着，在眼里只看得到另一个人，满脑子里都在想着对方，无须理由便可以因为一个人爱上另一座城，不计得失便可以放弃已有的一切，漂洋过海远走高飞。

如今，这种爱又变成了涓涓的细流，在每天的生活、每一声鸟语花香、每一道花谢花开中平缓地流淌，伴随着我们去探索新的、未知的世界。这爱的细流穿越了时间和空间的距离、越过了文化和传统的沟壑、漫过了误解和阻挠的陡坡，将一直记录着一份跨越太平洋的爱恋……

停住脚

——等待日出时最耀眼的瞬间

赌城女孩水晶

水晶工作的地方，是一个旧书铺。藏在距离新葡京娱乐城不远的一条名不见经传的小巷里。一边是熙熙攘攘、大声喧闹的赌场；一边是空空荡荡、旧砖破瓦的老城。浮华和冷清，两个截然不同的世界仅仅一步之遥，澳门这个城市真的很有意思。

文 / 黄竞天

1

我还记得第一眼见到水晶的样子。那时候，我们都还不到二十岁。

她穿着简单的白色细肩带背心和深棕色及地长裙，一头乌黑的长发背在身后，隐约露出瘦削的蝴蝶骨，远远看去，仿佛一座雕塑。

一直到很久以后，她被岁月打磨，被命运玩弄，但她的身上有种一直不变的东西，总让我能在一眼之间认出她来。

当时，她正在澳门的一家街边画廊向老板推销自己的画作。

透过她纤细的手臂，我悄悄瞥了一眼她的画——是几幅没有装裱过的原画，大多都是人物素描。笔锋虽然有些粗糙，线条却异常凌厉。这让我想起了Egon Schiele（埃贡·席勒，奥地利绘画巨子），那个总是在画里展示古怪肉欲的画家，但我却挺喜欢他扭曲的线条和激烈的表现力。

巧的是，那也是水晶最钟爱的画家。托这位英年早逝奥地利画家的福，我和水晶聊了整个下午。

认识水晶以前，我一直以为澳门这个地方是没有穷人的。

尤其像她这种又年轻、又漂亮的女孩，仅仅靠脸蛋和身材，赌场里就有大把不需要动脑、更不需要受累的工作等着她。再不济，富裕的澳门政府也能提供充足的社会救济金，足够养活任何一个懒汉。

可是她却不同，浑身上下都与这个到处充斥金钱味道的世界格格不入。

"我是一个画家，"她将卖不出去的画收进厚厚的背囊，"运气好的时候，我倒真卖出过一两幅画呢。"

我心里明白，她的频繁碰壁并不是偶然，一没有名气，二没有噱头，在这样一个浮躁的社会里，又有谁敢为她买单。

"我要去工作了，要不你和我一起过去吧？我请你喝咖啡。"

这个女孩真是太有趣，所以当她发出这样的邀请时，我毫不犹豫地点头了。

水晶工作的地方，是一个旧书铺。它就藏在距离新葡京娱乐城不远的一条名不见经传的小巷里。一边是熙熙攘攘、大声喧闹的赌场；一边是空空荡荡、旧砖破瓦的老城。浮华和冷清，两个截然不同的世界仅仅一步之遥，澳门这个城市真的很有意思。

我跟着水晶进店，狭窄的空间里，到处堆满了旧书，有的都摞到了天花板，但也没有整理的痕迹。

水晶朝着柜台的方向走去，我这才发现，这间小书店里，原来还有另外一个人。他年纪很大了，皮肤干枯得就像他身边的旧书皮。水晶向他打招呼，他也不理，眼皮半张不张，我甚至开始怀疑，他是否还在继续呼吸。

"林伯是这里的老板。"水晶放下包，熟稔地从一堆书底下抽出一盒速溶咖啡和两个黑色的马克杯，"我每周会帮他看三晚的店。"

正说着，林伯睡醒了，他也不理我们，伸了个懒腰，就径直走出店里。水晶倒也见怪不怪。

水晶煮的咖啡很苦。

"葡萄牙人喝咖啡都是不加糖的，"她说，"我的前男友马里奥教的。他是个土生葡人，爸爸是葡萄牙人、妈妈是中国人。不过，他们没有结婚就生下了他，他的爸爸是个船员，在他出生之前就离开了，再也没有回来过。有人说他在海上死了，也有人说他在葡萄牙继续娶妻生子了。"

"我们是在教会做志愿者的时候认识的，"水晶说，"我们都很穷，但也都很虔诚。在一起的时候，也很开心。"

"那你们为什么分开？"我问。

水晶说："马里奥一直相信自己的爸爸还活着，二十岁那年，他打工攒够钱，买了一张去葡国的单程机票。"

水晶说，马里奥出发之前，曾经想让她也跟着一起去葡国。可她最终还是选择了留下。

"为什么？"我问。

"他有他的人生要追求，我也有我的呀。"

我还想再继续问，水晶已经快速地收拾好我们喝剩下的咖啡杯。

"要不要去看我的画展？"她的语调很欢快。

小书店的楼下，是林伯用来装杂物的地下室，楼梯窄得只能侧身通行，鼻尖还不断地碰到墙灰。水晶在黑暗中一挥手，拉亮一盏顶灯。在不断闪烁的光线下，我看到斑驳的墙壁上，的确挂着几幅小画。

"这是我的自画像，那是我给马里奥画的素描……"她向我介绍自己作品的时候，眼神比那盏微弱的灯还要亮。

我忍着地下室里浓烈的酸臭味，看完了她所有的"展品"，回到地面的时候，天已经彻底暗了。

我问她想吃什么，她抿了抿嘴唇，说她正在攒钱，所以不吃晚饭。

"周六有一场安妮的画展，我想去看。"

水晶说的安妮，就连对艺术一窍不通的我也有所了解。

她的样子常常出现在时尚杂志的封面上，浑身名牌、成熟风韵，虽然我一直觉得那是一种靠钱搭出来的美丽。

据说安妮年轻的时候很漂亮，有不少人愿意捧她，她也在国际上得了不少的奖。同时，我也听说过关于她已经江郎才尽，只能靠几个金主勉强支撑体面的传闻。

不过，水晶却把安妮当作偶像，她还要把自己的画带去，让安妮看看。

"也许她会喜欢呢？"水晶乐观地说。

"祝你好运。"我学着基督徒的样子，交叉起了手指。

回到家，我将遇到水晶的事，告诉了男友建邦。他是澳门人，巧的是，他竟然也知道这个女孩。

"澳门很小，她又是个特别的人，多少听到过一些传闻。"他说："我记得她的身世很可怜，父亲是个赌徒，把家里的财产输得一干二净，一直在外躲避高利贷。母亲也很早就死了，她一个人过活。她很穷，但不领救济，也不找正经工作，总是搬着个画架，在广场上画素描。她又不去交际，画根本卖不出去。有人叫她去赌场干，就算做个最基础的发牌荷官，每个月也起码有两万收入。可她就是不肯，成天只是和教堂里那帮来历不明的土生混在一起。"

原来如此，建邦的话，让这个瘦弱女孩的样子，在我心里更加丰盈起来。

2

再悲观的人都不得不相信，这个世界上，还是有运气的。

就拿水晶来说，她竟然真的在安妮的画展上，得到了这个人气女画家的首肯。

"她很喜欢我的画，还要培养我做接班人，"我面前的她，快乐得几乎要开始跳舞，"原来我也能如此幸运！"

水晶说，安妮要走了她所有的画，还给了她一笔小钱，让她辞掉工作，安心作画。而安妮，则帮她包装和销售。

于是，在她原来工作的旧书店不远的另一条旧城小街里，她租了一个小小的阁楼，用作画室。

在她搬进去的那天，我去拜访。她穿着脏兮兮的T恤和牛仔裤，正在刷墙。

我看到她一笔一画地，在墙上画出一个女孩的样子，白色的涂料印在灰色的墙面上，让女孩的剪影闪闪发光。

"这是你吗？"我问。

"我希望吧。"她轻轻笑了笑，然后用油漆刷抹掉了这个只存在了不到一分钟的人影。

等我离开的时候，她已经快要把墙给刷好了。不管再怎么难看、斑驳的老墙面，刷上一层白漆以后，看上去都会顺眼不少。

水晶很努力，我明白，她无比想要抓住这次改变人生的机会。她将自己关在那间小阁楼里，没日没夜地开始画画。

其间，我去看过她几次，给她带了些食物和日常用品。每次见到她，她总是变得更苍白一些，更消瘦一些，眼神里的光泽，好像也在被一点点地磨光。但在看到墙边那一幅一幅累积的画作之时，她因为熬夜而沙哑的声音重新亮了起来。

"安妮说，已经有不少画廊对我的画表示有兴趣，她还要给我办真正的画展呢。"水晶一边说一边画。

她像一个在广阔沙漠里迷路许久的旅人，早已喝完了自己身上的最后一滴水，喉咙干得冒火却又无可奈何，而此时，面前不远处突然出现一片绿洲，于是她下意识地往前奔去，用尽全力地奔跑，想要触到那片水源。也许她这一生都没有和自己的梦想那么接近过，似乎一伸手就能摸到。

然而，比绝望更可怕的，是海市蜃楼，它不是缺水，不是烈日，也不是流沙，这些都能够带来痛苦和死亡，但是它们带来的死亡是直接的、痛快的、无奈的。相比而言，海市蜃楼所带来的更可怕。它先用无比美丽而真实的愿景吸引人，然后突然间将残酷的真相揭露出来，让绝望一点点吞噬人的身体和灵魂。

在把自己折磨到干瘦憔悴之后，水晶终于在澳门一家大画廊的门前看到了自己的作品。

她的画挂在展厅的正中，这是她没日没夜地画了七天，又修改了不下十次的女子素描。这幅画很美，白衣女子与世无争地垂首静坐，周围是一片花丛，高贵而又深刻。

但水晶并没有因此感到欣慰和感动，因为她发现，在画上的署名，不是自己，而是一直被自己视为恩师的安妮。

原来安妮已经窃取了水晶的构思并重新临摹她的画作。

因为新颖的画风和结构，这些画受到了极大好评，好几个大画廊纷纷伸出橄榄枝。本来已经江郎才尽的安妮，被冠以"天才美女画家"的名号，重新火了一把。借着风头，她还用水晶的作品举办了她的个人作品展。

那些被偷走的画受到了前所未有的关注，不少当地媒体也十分关注这种新颖的画风。有人问她，为何她的绘画风格会突然有如此大的转变。她用一种异常坦荡的态度说，这只是她的一种创新。

全世界都给了安妮最好的形容词，"天才""新颖""灵气"，将她称为大师。只是再也没人知道，这些画的作者，其实是那个将自己关在阁楼拼命画画的女孩水晶。

面对这样强盗的行为，水晶愤怒地去画廊理论，但她一没证据，二没地位，没有人愿意相信这样一个默默无闻的人，去得罪一个风头正劲的"大师"。水晶又来到安妮的住处，但这个曾经慈眉善目的女人早已经换了一副嘴脸。

"你不是就想要钱嘛，"她对水晶说，"不如去卖啊？我给你介绍大老板。"

水晶冲上去想要跟她拼命，瘦小的身子却被两个菲律宾保安牢牢制服。

回到她的那间小小的画室，水晶就病倒了。我能做的，只有去看看她。

她躺在床上，不吃不喝，嘴唇白过自己的皮肤。

"我的父亲是一个赌徒。"她对我说，"我曾经非常不理解，为什么人会把自己所有的人生都押在一场赌局里。我曾经发过誓，我绝对不会重蹈他的覆辙。但没想到，我终究也沦落到满盘皆输。"

我劝她不要多想，吃点东西。她翻过身，背对着我，不再发一言。

在她身边，新漆已经开始剥落，又露出原来的那层破败的旧墙。就像水晶的生活一样，狰狞的现实又重新露出来，只是这一次，一切变得更丑陋、更狰狞。

3

"今天我陪客户去新葡京玩，你猜我遇到谁？"建邦回家，还没来得及解领带，就冲到厨房来问我。

"朋友？"我一边试汤，一边漫不经心地问。

"那个叫水晶的女孩，你跟我说过的。"他说，"她竟然在赌场发牌。"

热汤烫到我的舌头，让我止不住地咳嗽。

我很少去赌场，那种金碧辉煌的地方总让我觉得眩晕。

其实当地人也不喜欢。建邦说，这些高大鲜艳却造型怪异的赌场像一个个冲天巨怪，诡异而又俗气。然而，它所提供的高额工资，却让越来越多的人自愿地被这些怪物同化。

如果不是为了找水晶，我还真不会去关注那些荷官的脸。无论男女老少，他们每个人的脸上都只有一种表情——面无表情。像机器人一样的他们，被一群大喜大怒的赌客围住，画面倒也滑稽。

在这个光怪陆离的世界里，我真的找到了水晶。

她发牌的动作还并不熟练，脸上的表情也没有变成机器人。

我站在她背后不到一米的地方，她并没有发现我，但我却可以看到她脖子上因为紧张而流下的汗水，听到她的指关节不小心敲打到桌面的声音。

在她的身旁，还站着一个督察员。她的眼睛像鹰眼一样锐利，水晶的动作一有不对，她就立刻瞪过去，就连我都感受到那种瘆人的压迫力。

不知道是不是因为受到"鹰眼"的影响，水晶的手有点抖，发牌的节奏也渐渐乱了起来。坐在水晶对面的赌客们当然也感受到了她的异样，有几个甚至已经开始烦躁地拍起了桌子。

"开局。"水晶打开骰盅，一不小心，打翻了其中一颗骰子。

一瞬间，骂声四起，赌客们拍桌而起，对着水晶开始咒骂她打破了他们的赌运。"鹰眼"也不上前为水晶说话，反而退后一步，冲着对讲机低语。

我正想上前帮水晶解围，突然，桌子对面，一个声音响起："不要吵了，这局都算我的。"

说话的中年男子是水晶的赌客之一，他抽着烟，说完那句话，看了水晶一眼，然后向身后一个秘书模样的人招了招手。在他离开后，秘书就往赌桌上递上一张支票，对着"鹰眼"说："这局的损失，我们李总包下了，就不要为难这个小姑娘了。"

"鹰眼"的脸上第一次露出笑容："李总吩咐，那当然没问题。"

于是，"鹰眼"招呼桌上的赌客去领筹码，赌桌上的人纷纷散去，只剩下水晶低着头，一脸迷茫地盯着桌上的骰子。

"你没事吧？"我上前，轻轻拍了拍她的肩膀。

她一转头，看到是我，先是一惊，接着眼睛里就泛出了泪光。

"我不想让你知道，我在这里工作……"她对我说，"可是我，还不清那些债。"

我这才知道，在水晶倒下的那段时间里，没有收入来源的她，去向高利贷借了钱。

"别担心，我找建邦帮忙，在他公司里帮你找一份文员的工作。不要在这里继续做事了。"我悄声安慰她。

水晶抬起头正要对我说什么，这时候，那个秘书模样的男人走了过来。

"水晶小姐，我们李总想请你共进晚餐，请问现在能出发了吗？"

"可我还有工作。"

"我已经和高层全部协调好了，可以出发了吧？"秘书伸出右手，做出了一个"请"的手势。

我想上前去拦，却听到水晶在一旁低声说："我去。"

4

我原本以为，"霸道总裁"这种事，从来只发生在不靠谱的网络小说里，没想到，水晶却遇到了。

她第一次和李总吃饭，李总包下了澳门塔最高层的旋转餐厅，水晶从来没有尝过的佳肴，李总像是不要钱一样点了一盘又一盘。这突如其来的殷勤让水晶变得不知所措，她满脑子盘算着如果这个男人提出了什么过分的要求，她应当如何拒绝。但没想到，一整晚，李总只是喝着一杯红酒抽烟，看着水晶一个人吃。而晚餐结束后，他就让秘书把水晶送回了家。水晶结结巴巴地向李总道谢。

而他只是淡淡地说了一句："别怕，有事我帮你解决。"

水晶告诉我，第二天她上班的时候，发现同事们看她的眼光都变了。就连之前总是趾高气扬的"鹰眼"都对她毕恭毕敬。

打开自己的储物箱，水晶发现里面有一个包装精美的盒子，而那里面，是一条精致的钻石项链，还有一张豪华套房的房卡。

我曾经问过水晶，她为何选择与李总走到一起，难道真的是因为钱吗？

水晶不置可否。

彼时的她，早已辞去了赌场的工作。李总给她租了一个小套房，在偏离本岛的路环岛。这里有优美的环境，和整个澳门都仅剩不多的自然风光。

至于李总，我只知道他是个内地富商，每年都会到澳门来"玩几把"。

我问水晶，她是否知道李总的底细，他是做什么的？家住在哪里？是否有家室？水晶一问三不知。

"我不在乎。"她只是反复抚摸着脖子上的那条项链。

水晶有了很多时间。人生中的第一次，她不用为生计奔波。

她把大多数时间拿来等李总，其余的时间拿来画画。

她画的内容很杂，画她自己，画李总，画马里奥，画赌场里形形色色的赌客。有时候，她会把画铺满整整一屋子，光着脚踩在自己的画上，绕着房间一圈圈地走。有的时候，她又一连几天都画不出一张画来，抱着李总送给她的项链，默默地坐在窗口发呆。

她的画，变得不再像我第一次见到时的那样，充满非黑即白的色块和棱角，而是增加了不少看不清、道不明的色块。几种颜色纠缠在一起，就像她的这段令人困惑的感情一样。而在她的脸上，也常常浮现出这样一种复杂的神情。

我几次忍住，不去问她对未来是怎么想的，因为她自己，也一定想不明白。

水晶的生命里只有过两个男人，一个是马里奥，一个就是李总。

她说，这两个人是完全不一样的。

她和马里奥，像是被主人丢弃的两只小狗，又饿又冷。在街边遇到对方，互相凑在一起，用体温取暖。而她和李总，就像小弃狗遇到了一个愿意养它的温柔主人，一遇到就陷下去，再也拔不出来了。

李总来到澳门，除了去赌场，就是在家陪她。他常常要她，永远不知道满足一样。水晶双眼蒙眬地看着这个男人，他在月色里喘着粗气，大颗的汗珠从皮肤里面渗出来，接触到冬夜微寒的空气，变成了一股淡淡的白烟。水晶总是抱着他睡，听他的呼吸，闻他身上洗不掉的烟味。

水晶和李总常常争吵，大多数时候，都是因为赌。

水晶说，她觉得李总越来越像自己的父亲。她害怕，怕他也和父亲一样，因为赌博失去一切。

争吵到剧烈的时候，水晶会使劲地摔李总送给她的颜料和画具，把屋子的地板和墙壁摔得五彩斑斓。但无论水晶有多么的恼怒，她最后总会妥协——为李总备好拖鞋和一桌暖菜，眼神像什么事都没有发生过一样温柔。

再到后来，她也不愿意再去争吵了。

"由他去吧，也许这就是我命里的劫数呢。"她一边抽烟一边说，我也不知道她是什么时候学会的抽烟，抽得还挺凶。

"由她去吧。"建邦让我不要再去管水晶的事了。

他说她中毒了，而解药只有她自己有。

于是，在那之后的一段时间里，我没有再与水晶见面。

我以为她会过得很好，起码像那些整天游荡在品牌店的阔太太一样，不用为生计发愁。

所以，当我在老街鱼龙混杂的集市里，看到腆着木箩一样大的肚子、穿得像菲佣一样邋遢的水晶，正在街角的阴影里倒卖假鞋的时候，我以为自己认错了人。

5

澳门的赌场，并不全是豪华的娱乐中心。

在逼仄、狭窄、压抑的老区里，也藏着不少地下赌档。而在这里流连的，大多都是城市里最危险的人群，堕落到绝境的烂赌鬼、贪婪无度的高利贷、凶神恶煞的黑社会、衣着暴露的低等妓女，他们像是细菌一般滋生在这污糟当中，糜烂是他们的营养。

在老区，还有不少非法的地下集市，这里的买卖简单而又直接，这里的货物种类繁杂而又来历不明。没有笑容满面的推销员和导购，只有快速地讲价、交易与离开。

我就是在这里遇到水晶的。

她不再是那个清瘦的女孩，而是一个邋遢痴肥的孕妇，带着一堆假鞋，在一片乌烟瘴气之中兜售着。

即使她的身材因为怀孕而大大走样，我还是一眼就把她认了出来。我有些恍然，我一直杵在离她不到十米的地方，呆呆地望着她，心里还抱着一线希望，也许是自己眼拙看错。

"好久不见，"我好不容易鼓起勇气上前，对水晶说，

"没想到会在这里遇到你。"

水晶看到我，表情有点复杂。

没等我上前，她就对我抬了抬手："你稍微等一下，我去下厕所。"

我点点头，看着她用手拖着沉重的腰，迈着蹒跚的步子渐渐走远，身影消失在街口。我留在原处等了整整三十分钟，她都没有再回来。

第二天，我又去了同样的地方，可是无论我怎么找，都找不到这个大着肚子的姑娘。

"你别找了，她不会再回来了。"旁边，一个倒卖奶粉的阿婆劝我离开。

"可是……"

"她也很可怜的，原来跟了个内地老板，后来那老板不知道出了什么事，人间蒸发了，什么钱都没有留给她，她又发现自己怀孕了。哎，作孽啊。"阿婆说，"你走吧，如果你真的为她好，就不要再逼她了。"

我给阿婆留了一些钱，请她交给水晶。

阿婆却把钱推还给我："人不是靠找的，等她准备好的时候，她自然就会出现的。"

6

澳门这个城市很小，但它变化得很快。

政府在不断地填海、修路、造桥，在城市的各处竖起一层层的高楼。

与之相比，唯一不变的，好像只有我们自己。

就这样，又过了五年。

今年秋天，我和建邦准备结婚了。

我们到处看场地、看婚纱，生活中充满了琐碎而幸福的烦恼。

建邦带我去澳门最有名的安德鲁饼店吃蛋挞，店在路环。一下车，我就想到了水晶。每次想到她的时候，我的心还是会有些痛。我紧紧握住建邦的手，告诉他我想在附近逛逛。

我们随便找了一家咖啡馆，不大，只有两张圆桌，建邦点了两杯咖啡。

店家上来两杯不加糖的浓缩咖啡，是水晶教我的葡式喝法。

"如果她来，一定会喜欢这里的。"我对建邦说。

建邦知道我在说谁，他轻轻握住我的手，不让我再胡思乱想。

咖啡馆的墙上，画着不少有趣的儿童画。

店员告诉我，这是老板的孩子画的。她指着柜台旁的一张相片，向我们介绍这孩子是多么可爱，多么有绘画的天分。

我顺着她的手看去，却在相片里看到另一张我所熟悉的脸。那是水晶，她抱着一个可爱的男孩子，正冲着照片外的我微笑着。

我正看得发愣，门口传来大人和孩子的笑声。店员仰起头，向来人打招呼，"老板回来啦！"我回头一看，水晶牵着她儿子的手，捧着一纸袋的面包和水果，同样直愣愣地望着我。

一张小桌，两杯清咖啡。建邦在店门口带着水晶的儿子玩耍，店内，我和水晶面对面坐着，整整十分钟，我俩谁都没有开口。

"孩子，叫什么名字？"我首先打破了僵局。

"乐仔。"水晶的脸上露出了笑脸，"我希望他快快乐乐地生活，这样就好。"

"他的画很好，像你。"我指着店里墙上的那些手绘儿童画说。

"他喜欢就好，至于我，已经很久没有画了。"

"你过得好吗？"我问她。

她低下头，点起一支烟。

"曾经也有不好的时候，不过现在，一切都已经过去了，看到乐仔的脸，我就什么都忘了。唯一戒不掉的，是这个。"她向我扬了扬自己手里的烟。

我有太多太多的问题，她是怎么一步一步爬起来的，又是怎么一点一点攒钱开了这家店的，一个人带孩子吃了多少苦……可是在那瞬间，我只想说一句话："我以为再也见不到你了。"

"我的确想过自杀，你知道吗，乐仔刚出生的时候，我抱着他站在新葡京的楼顶，想要从那里跳下去。那段日子太苦了，真的很想放弃，"她说，"但乐仔哭了，他躺在我怀里，哇哇大哭，就好像要用尽全身力气告诉我'妈妈不要死'。我，实在舍不得他，最终还是没有跳下去。不过也奇怪，在那之后，日子就变得顺利多了，我开始做保姆、做家教，一边带乐仔，一边攒钱，现在竟然还有了一个自己的店，真是想不到。"

"真好，真好……"我的言语变得极度匮乏，只能反复说好。

"你知道吗？有报纸报道了安妮抄袭新人画家的丑闻，她现在很惨，已经成了过街老鼠，没有人再去捧她了。"我想到这条最近的新闻，将它说给水晶听。

"是吗？"水晶的表情很平静，像是在听一件与自己毫不相关的事，"希望她也能早点渡过难关。"

我本想感叹她的大度，我们的谈话却被乐仔的哭声打断。

原来，乐仔摔倒了，膝盖被磕破了好大的一个口子，流血不止。

水晶阻止了想要来扶乐仔的建邦，她走到乐仔身边，对他说："自己爬起来。以后都要学会自己爬起来，乐仔你要记住，人生就是这么不尽如人意的，你会常常摔倒。但摔得越痛，爬起来以后，你就会变得越坚强。"

乐仔似懂非懂地擦擦眼泪，真的自己撑着地爬了起来。

我看着这个劫后重生的女人，觉得自己的千言万语都抵不过她的一个洗尽铅华。

阿婆说，找一个人是不用找的，等她准备好了，就会回来的。

我明白，水晶已经回来了，带着更好的自己。

扫码与作者面对面

小董的二十啷当岁

你应该活得更独立一些，活得更自给自足一点，活得更努力一些，你的生活，你做主。生命和生活都是你自己的，幸福与否，都只和自己有关。

文 / 李尚龙

跨年那天，跟一个叫小董的姑娘一起聚。那天我刚好没事儿，就约她在三里屯的一家小店喝酒。

姑娘平时不喝酒，看着面前坐的是我，于是也就一饮而尽，几杯下肚，脸红了，就非要闹着跟我讲故事。她说，我是一个不太愿意跟人敞开心扉的人，所以这是你的荣幸。

我笑着说，我是不是应该跪着听呢？

她笑着告诉我，曾经看过你写过一篇《你所谓的稳定不过是浪费生命》的文字，可是，我的梦想，就是有一个稳定的生活。

1

姑娘的父亲是一个小村庄的风云人物，据说二十多岁就当上了村里的干部。

那个年代干部不用选拔，只用家里的关系，家里人找了当地很有势力的村官，送了一些东西，很快，他就当上了这个干部。

一天晚上看村里组织的晚会，他爱上了正在台上跳舞的小董的母亲，演出结束后，他决定上门提亲。

母亲家贫，重男轻女，又不敢得罪他，于是，这门亲事，很快就被定了下来。

父亲跟母亲说，他想要一个男孩。在那个愚昧的时代、偏僻的村庄，仿佛要男孩是这辈子最幸福的事情。结婚一年后，母亲怀孕了，在全家的喜悦和期待里，小董的姐姐出生

了。父亲一听是女孩，咬着牙，跟亲戚们说了一句话：这次
算了，下次一定要是个男的。

母亲跟做错事情一样，时常抱着姐姐哭，一哭就是
半天。

三年后，母亲再次怀孕，那时他们已经知道可以去城市
里花点钱检测一下肚子里生命的性别。

于是，父亲陪着挺着肚子的母亲去了大城市，当得到结
果时，父亲咬着牙，坚持不让生下来。

这世上，最怕的就是无知的人还无情，这样的人，最
无敌。

母亲说，这也是我们的孩子啊。

父亲冷冷地说，你要么打掉，要么自己过。

母亲含着眼泪，一个人躲到了外婆家，一住就是半年。
半年后，小董出生了，而她的亲生父亲，因为生气，一个月
没有搭理她们母女。

家里因为计划生育被罚了很多钱，父亲本来打点好了关
系，不用惩罚，但因为是个姑娘，父亲让母亲自己处理。

母亲花了所有的积蓄，只为保住这个孩子。

孩子的名字，叫小董。

2

六岁时，本该是无忧无虑的童年生活：看着葫芦娃，哼着大风车，聊着美少女。可是那一年，小董的父亲和母亲离婚了。在那个村庄里，离婚的女人被视为不祥，也没人会娶她，开始母亲不愿离婚，带着姑娘躲到了外婆家，想靠拖着解决问题。可是，强扭的瓜不甜，几个月后，她最终签了字，姐姐判给了父亲，小董跟着母亲。

一段时间后，父亲又找了个女人，很快结婚，接着，他终于有了儿子。

父亲经常会责备母亲没本事，生不出男孩，愚昧的家庭里，似乎总会有一些可笑又可气的理论。

那时，子女像是商品，结婚像是副产物，爱情可有可无，似乎只有生了儿子，婚姻才稳赚不赔。

母女相依的几年，艰难平淡，忽然有一天，母亲把她的姓改了，不准她和董家再有任何来往。只要她回家说别人有爸爸这样的话，就会被母亲罚跪，班上同学议论说她是没爸的孩子，十几岁，这些痛苦都只能打碎了往肚子里咽，她不敢回家说，因为她更见不得母亲的眼泪，更受不了母亲动不动就让她跪下来的惩罚。

她时常问妈妈，为什么我没有爸爸？

妈妈不说话，只是命令她：不准再问！

有时候问急了，就一巴掌打过来，然后又会抱着她哭着说：你以后会有的。

直到有一天，家里多了一个男人，母亲跟她说：来，叫爸。

小董看着这个陌生男人，忽然不知道该说些什么。

小董哭着跑了出去，因为她明白，她将会有弟弟和妹妹，本来就不全的爱会越来越少，然后瞬间崩塌，回到家，她咬着牙说：妈，我不干涉你的生活。

说完，她转身离开，那时，她心里只有一个想法：这个世界，我只能靠自己了。

那年，她只有十几岁。

3

她回家的次数越来越少，每次回家，都和妈妈吵，和继父冷战。

妈妈从来不过问她的学习，她也不跟妈妈说任何自己的事情，因为，小村庄里，没有不透风的墙，她的故事，恨不得家喻户晓。

身边的人，总把她妈妈离婚的事情当作谈资，有时甚至会当着她面说她没爸爸。

小董的亲生父亲从来没有搭理过她，偶尔她过去吃饭，遭到的也是一家人的冷眼。那时，她只有一个想法：我要考上大学，要走出这个小地方，才能改变命运。

可是，当一个噩耗袭来，她终于还是扛不住了：继父给她打电话，说，你来趟医院，见见你母亲最后一面。

母亲脑溢血，之前有症状，只是这次过于严重，一帮亲戚围着她哭，小董走过去，看着还在呼吸、身体还在起伏的母亲，生气地看着那些亲戚，说，你们哭什么，人又没死。

这时，医生走过来，说：谁是家属，来签个字，就可以拔管子了。

也不知道是当地的医院混蛋，还是周围的亲戚混蛋，还是自己混蛋，她只记得，那时她一滴眼泪都没流，因为，她压根儿没有意识到这一切会来得这么快。

过了几天，有人把母亲装进棺材的那一刹那，她忽然意识到，母亲真的不在了，她哭泣着嘶吼着，不让大人们把棺材合上，眼泪滴到母亲的遗体，泪水的温度，很快就被冰冷的躯干冷却，留下一个十几岁的女孩，歇斯底里着。

小董讲到这里，已经泣不成声，我给她满上酒，说：喝完这杯，再继续讲好吗？

4

一个人的童年，很大程度决定了他（她）这一辈子。

我不同意这句话，因为同样是幸福童年，也会滋生出混蛋的富二代和知书达理的君子；同样的惨淡青春，也会同时诞生伟人和罪犯。

关键，看你有一颗什么样的心。

小董的悲剧还没完，她被送到了父亲的家里，其实葬礼上，她的亲戚就已经决定把她送到父亲家，她哭着喊着说不要。

后来，她还是被送了过去，母亲留给了她一些遗产，据说，父亲是为了这些遗产，才收留了她。

成长的那些年，她在家不讲话，多数时间都在学校的图书馆，亲情的泯灭没有打垮她，反倒让她更坚强、更独立地去面对未来。

当遇到一件麻烦事自己又无力改变，唯一能做的，想必就是改变自己的态度了。人有两种解决问题的态度，一种是彻底被打垮，自怨自艾，然后终其一生地活在阴影里无法自拔；另一种是见招拆招，积极应对，知难而上，换条路，坚强地靠着自己的肩膀走向更远。

你，属于哪一类人？

或许，对你来说，至少在童年不会遇到这些摧残。至少回到家，父母还会给你做顿热饭，无论你离着多远，家都会是你最后的庇护所。那么，还有什么理由不去拼命，拼出更大的世界呢？

董小姐和父亲一直没有感情，也和继父无法相处，她忽然明白，前方的路，要靠自己了。

5

失去亲情庇护的小董，没有自暴自弃，她把每天的时间都放在了自习室，高中毕业，她考上了一所很好的大学。

除了学费，她一边上课一边打三份工，就连半夜三更，还会去KTV端盘子，仅仅为了每个晚上五十块钱还能管吃的待遇。

每当她回到宿舍，都能看到室友床上堆满着的化妆品和新衣服；上自习的路上，都能看到一对对情侣虐"狗"

的背影。

大学四年，她看了很多书，考过很多证书，几乎每年成绩都是全班第一。

大四那年，她考上了广西一所大学的研究生。那几年，她几乎不回家，闲暇时间，除了帮导师就是去找实习、找工作，她喜欢看书，于是就经常去当地的出版社帮忙。毕业那年，她留在了其中一家出版社，后来调到了北京工作。

这些年她学会了很多东西，她说她不想就这么早地结婚生孩子，她想活得更精彩一点。

认识我的时候，她已经是一个精明能干的主管了。

那天，小董请我去她家吃饭，她亲自下厨，一会儿一桌饭就摆放在桌子上。

我问她，你到底为什么要这么累？

她笑着说，因为我想证明给他们看，我可以。

我问，他们是谁？

她说，爸妈，还有继父继母。

她现在的收入很高，自己买了房子交了首付，时不时地也会回家看看父亲，家乡人的脸上，也挂满着笑容。从她的脸上，我看不出她经历的沧桑，但讲述的过程中，她的眼泪一直在流，时不时也会温馨地笑一下，毕竟，她度过了那段本以为过不去的火焰山。

故事的结束，我问她，你有恨过自己的父母没有给你美好的童年吗？

她说，恨？为什么要恨呢，我早就不恨他们了。应该谢谢他们，因为他们，才能让我趁早独立，让我有了现在的生活，让我知道，生活是自己的，和别人无关。

6

我曾经对比过美国家长和中国家长在教育孩子过程中各自的特点，美国的大多数家长，在孩子成年后就断掉了孩子的经济来源。很多孩子考上了大学，但是家长不会提供学费，就去银行贷款，花的是自己的钱，当然就会心疼，于是很少有人逃课。毕业后，也很少有人就直接买房买车，先把大学学费还了再说。

当父母老了后，子女很少把父母接到身边，而是送到养老院，父母也很愿意自己住或者去养老院，子女有时候要来看父母，甚至要提前预约。

毕竟，你虽然是父母生的，但既然是独立的个体，每个人就应该有各自独立的生活。

子女不应该是父母的商品，而应该是独立的个人。

反观中国的子女，有多少成年的子女是让父母交了四年学费还要父母给自己买房买车，父母掏了钱，自然就会来干涉子女找对象，干涉子女找工作，可是孩子终将会离开父母，过独立的日子，会不会到了四十多岁不得不独立时，才发现早已经没人给自己指路了。

我有一些朋友，总是喜欢拿自己的去和别人比：谁谁的父母在北京给她买了一套一百多平米的房子；谁谁的父母给她逢年过节都送礼物；谁谁的父母在她结婚的时候给她买了五克拉大钻戒，我呢？

这些人，在父母给予他们物质和精神上的帮助时，丝毫没有感恩，反倒觉得，这些本就是属于我的，就好像父母生他下来就欠着他的似的。

成年后，当父母给我们帮助时，我们本能地应该感谢，而不是埋怨，毕竟，他们本来可以什么都不给你，但因为爱，他们给了你这么多。

7

小董的故事讲完了。

现在的她，过得很好，也过得很幸福。新年钟声响起时，我看着她的脸，安静、满足。

她的父母什么都没有给她，但随着成长，她学会了自己给自己安全感，自己给自己营造美好的生活，她明白了，生活是自己的，于是她过上了自己喜欢的日子。

没有靠父母，甚至，她还感激着父母的养育之恩。

我们呢？

如果你在读我的文字，如果你还是二十啷当岁，请不要抱怨父母什么都没有给你，因为这不是他们的义务，他们有选择的权利。

你应该活得更独立一些，活得更自给自足一点，活得更努力一些。你的生活，你做主，但因为生命中还有那些不弃不离的亲情，你能稍微活得容易一点，你应该心存感激。

去用心感谢父母给我们的爱吧，但要记住，生命和生活都是你自己的，幸福与否，都只和自己有关。

阴影楼

　　然而这一百年后的华人们，却个个靠房子发了家，这些财富来得容易又迅速，在暗中滋生出许多见不得人的勾当，让好端端的文化在异乡的土地上畸了形。

文 / 杨熹文

这件事发生在十五年前。

那几年新西兰的移民势头劲猛，纽币兑换人民币的汇率一日比一日低下来，一些找寻着更好生活的人们，从大洋彼岸真真假假地听说着，眼见那稍稍富裕的家庭把自己还未高考的调皮孩子连推带搡地送过来，城市小职员从哪里得了口信迫不及待地辞了职，山沟里的妈也四处为苦娃子凑钱买一张单程的机票。他们就这么单枪匹马或拖家带口地来了。

可谁也没想到这地方生活也艰难着，来是来了，可留下来总是个大问题，生存已经够让人疲惫，而一张绿卡又令人生死攸关。这漂洋过海的人们变得急躁而恶劣，尤其是那从前十二个小时站在包装厂干大苦力的工人们，钱和签证都失去了依靠，只得半恼半忧地为自己寻着出路。于是那样的几年，在那片曾经无人问津的南半球土地上，不仅仅是来自古老东方的移民人数突然多了起来，那些偷税漏税的生意多起来，婚介所办理假结婚的生意也热闹了，后来连插人婚姻一脚的方式，也居然变得正当起来。

方太太就趁着这当口儿问许太太，"小许，你瞧，现在移民的生意这么火，你不张罗一下？"方太太才来七年，就眼瞅着从一截枯死的芽，长成了一株圣诞树。五年前和老公闹离婚，心也狠起来，把他所有的财产都带走，买下一栋三层的房，生生扒下他的一层皮。方太太离婚后，在自家三层房子里塞满了人，也不管七八个人共用一间厕所，只关心从这些人手里接过的房租够不够去买金灿灿的首饰。

你别小瞧这些靠房子去营生的中国太太，这些年，但凡手里有一两栋房子的人都发了家。这些太太大多因为什么原因独着身，却从不缺依靠，她们戴着玛丽或露西的名字，踮踮脚就能把半个身子探去当地的主流文化里，就算不踮脚，她们也能在满地苦命的中国人那里寻一处舒适的空地，无声又骄傲地踏过别人的自尊。她们有钱，站在这社会的顶端，不必同别的女人一样急忙去找依靠，金钱和控制的欲望，从这一栋栋房里就得到满足了。

一百多年前最早一批冒险到大洋彼岸这一端来的华人祖先们大概从不曾料到，他们靠太多的勤劳在异国的土地苟且地活，然而这一百年后的华人们，却个个靠房子发了家，这些财富来得容易又迅速，在暗中滋生出许多见不得人的勾当，让好端端的文化在异乡的土地上畸了形。

方太太见许太太闷头做晚饭，不出声，就自顾自呷了口茶："小许，你是不知道，像你这样的房子，虽然老旧，但最值钱，两层楼，四间屋，两两打通，租给那些假结婚的人，一男一女各自住一间，半夜若有移民局的人来查，就能从暗门躲到同一张床上去。我可是刚刚办成了一桩，暂且不说咱帮人家拿了绿卡，这一年光是纯收入就有八万纽币哩，还不算正常房租，这好事你哪里找去？"方太太一双瞪大的眼睛，又看进许太太的锅里，冷不丁大嚷一声，"哎，小许，人家以前都说你傻我还不信，这可见识了，你真不是一般的傻，这肉哪比蔬菜便宜，你就这么养着那些穷房客，糟蹋着自己的钱？"

　　许太太抬起眼，她是一个年龄不详的女人，男人们猜她只有三十五，女人却暗地里说是五十五，她的皮肤是白皙无褶的，身材也还是玲珑的，眉眼间也是美丽的，按说这样的女人靠哪种方式都能快活，可许太太的眼里却不剩了风情。她把一锅炖排骨盛进碗里，这才和方太太说了话，"可是你让这些人上哪儿去？"

　　许太太说的这些人，是那每月给癌症母亲寄钱的陪酒女郎，是那带个五岁孩子东一份工作西一份工作打着的苦命女人，是那个签证早已过期狠心黑下来总是说着"我再赚一年钱就回老家"的男孩，还有阁楼里住着的那个寂静无声的作家。这么多年来，许太太这里人来人往，好似成了收容所，那些找不到去处或出路的人，她统统收留了来。这都是一些被践踏到社会底层只剩一丝气息的人，许太太把他们的命一条条捡回来，她从不问他们，"你这周房租呢""少一些用电吧""有人偷吃我的米饭了"，她给交不起房租的人无限延长期限，天刚冷起来就开上电暖气，连饭也都给每个人备了一些储在冰箱里。她知道这些人苦，早年她也尝过苦，尽管他们所尝着的，不是同一种苦。

方太太见许太太一心刷着锅，自讨没趣，茶也不喝了，就告辞了。心受了冷落，临走时嘴巴也要过过伤人的瘾："小许，你瞧瞧你过的这是什么日子，我给你出这个主意你也听不进去，再过一些日子，怕是所有的人都知道这赚钱的法子，到时候可就轮不到你了，更何况这可是个阴影楼！"

人人都叫它阴影楼。

人人都知道许太太有一栋阴影楼。南半球阳光全年充足，却偏偏越过这屋顶，这房子在低洼处，门前又有一条浑浊的沟，周围几栋同样的房子近几年也被三三两两地移走了，最后只剩下许太太十几年都守着这座暗着冷着阴闷着的地儿。没有人问过许太太从哪里得来这一栋房，这些年来来往往的租客也从不好奇，低廉的房租和许太太默默的善良，弥补了遮在头顶的大面积阴影。当然，也从来没有人问过许太太为什么一直独着身，又为什么慈面善心的却连个孩子都没有。在这里，每个人都带着故事来，每个人也带着故事走，好奇心是粗鲁的，沉默也是一种善良。

许太太的眼里也是有过一场热情的，在二十岁出头的那年，她和一个大自己很多岁的男人私奔来，男人抛妻弃子闹到轰轰烈烈，年轻的许太太也给父母留下一张纸条就离开了，那一年她的父亲得癌症去世，母亲也哭瞎了眼，不久也跟去了另一个世界，许太太带着愧疚再也没回到那个叫做家乡的地方。而这个一起私奔到南半球的男人，他面相英俊，气质潇洒，一口好的英文让他在这里如鱼得水，不久后竟成为当地小有名气的人。谁料到家乡有人走漏了风声，男人的妻子终究带着儿子赶来了。许太太记得，那是个胸脯塌扁、脸皮焦黄的女人，却有一副吵架的好嗓子，她站在许太太和

自己丈夫建立的爱巢门前大吵大嚷，那一年男人成为这区域
的华人代表，他输了许太太也不能输了自己的好名声。

男人最终带着妻子和儿子另寻住处，他发誓要尽早离婚
来娶许太太，那年许太太多美，哭的时候都能哭成一幅画，
男人也到底还是大度的，偷拿出一些钱给许太太买下一栋
房，那就是这座许太太未曾离开过的阴影楼。年轻的许太太
眼里只有爱情，从早到晚地盼着情郎，男人来的次数却越来
越少了，头顶的阴影也终于罩在心房上。

几年过去，男人只是勇猛地在她身上欠下数笔风流债，
并不再谈结婚的问题。那一些债变成许太太的相思，另一些
变成无法长留人间的小生命。许太太最后一次暗示他，那男
人只是说："我已抛妻弃子地来这里，难道这不比你的名分
更重要？"许太太不吭一声，转身钻进了阴影楼最暗的角落
里，她已经怀胎两月半，不巧这还未成形的生命就在那之后
的一场痛哭中失掉了，连同那婴儿一起失掉的，还有许太太
此生做母亲的资格。

那男人后来就突然消失了，听说他带走了一个十八岁的

女孩子，也听说他早已经和妻子秘密离了婚。他去了澳洲、美国，还是别的什么地方，他没有给许太太留下任何线索，只给她留下这一栋阴影楼，还有这个原本不属于她的姓氏，让她念着想着回忆着流泪着。许太太这么多年，就一直住在这里，靠房租营生，人们都知道许太太是个热心肠，话不多，没有孩子，穿着得体，她自己是个沉默的人，却喜欢看自家房子热闹起来，而她总是把这楼里进进出出的年轻男女，当作自己骨肉疼。

那天下午，方太太刚走不久，住在二楼单身带孩子的女人突然敲响了许太太的门，她一张脸红着，"许太太，和你商量点事，我要搬走了，下个月就结婚了，不是什么大富大贵的人家，但起码有张绿卡也有份正经工作，我和小宝也能有个依靠了"。她把一包糖往许太太怀里塞，朝着缠着自己大腿的孩子看了一眼，脸又红了一层："许太太，我惦念你这些年待我们太好，没有什么东西送给你，真不好意思。"

许太太忙收下那糖："说的什么话，找个能依靠的人也挺好，你和小宝在我这里住了三年哩，还要多谢你们才是。"

当日晚上，许太太就见独身的母亲带着孩子坐进一辆汽车里，那里面的男人冲着她轻微点了头，眼神从上到下地打量着许太太，露出些有点不安分的内容，许太太看着他们走远，心里却叹着气，一张绿卡，一张绿卡，还是一张绿卡！这些年眼见无数年轻的姑娘带着淘金般的眼神来，只为一张绿卡，好像这是永久幸福的通行证，却让八成人的生命发生了扭曲。不出三五年，这些年轻姑娘就会为自己寻好出路，一少部分用勤劳交换着居住下来的权利，更多的却在用爱情，在用身体，为了不得说的秘密嫁上一次又一次。

许太太望着远去的车子出了神，这些走投无路的独身母亲拖家带口地嫁给别人，生活也不见得会好下去，那么多的女人仿若受蛊惑般地不顾一切到这大洋彼岸讨生活，天真到还以为这里满地黄金或满地爱情，然而最终大多数人都只能依附在了一个男人的身上，这些男人有孩子或有债务，却也是人老珠黄的女人们唯一能找到的依靠。许太太叹着气，有再多的话也不敢轻易说出来，许太太是她的谁，她又有什么资格这样说？许太太回屋里，拆开喜糖，却发现那里面掉出一个信封，信封中塞了五百块，一张纸条写着"许太太，谢谢你"。许太太心里又叹了一声。

那一周的末尾，许太太又见男孩子开始收拾行李，那男孩子看到许太太，一脸内疚："许太太，我想了好久都没告诉您，我这回真的要走了，我要回国去，娶个媳妇，就算卖豆腐也比在这儿黑着强！"他这么说着，就从身后取出一幅画，"许太太，我这几年白白吃了您那么多的饭，我把这个留给您，您一定要收下啊！"很久以前，许太太曾经说过一嘴："这画真好看。"男孩那时只是说："这是从家乡带来的念想，爷爷祖传的画。"想不到如今这画就成了告别，许太太接过这画，给男孩盛上最后一碗饭，也看着他离开了。

许太太这屋子空下来，一时间手头也吃了紧，这房屋市场真如当初方太太说的那样，越走越为难，最后破屋烂房都没了竞争力。许太太熬了几个月，靠陪酒女郎和作家的房租死撑着，最后还是孟太太介绍来一个姑娘，嘴巴里还替许太太可惜着："哎，小许，我听方太太说了，你死也不愿意把房子改建给那些假结婚的，现在倒好，身边人那么干的都发了财，你这赚的是干净钱，但也比不上人家那不干不净的来得快啊……"

许太太不吱声，只等着姑娘来。这姑娘满头大汗地来

了，左肩膀扛着一个大包裹，手臂上挂着许多长长短短的
袋子，带着初来的拘谨和慌张。姑娘的几缕头发贴在脑门
上，干涩的嘴唇蒙上一些白，但也礼数十足地说着："许
太太您好，我是伍梅……"许太太接过那些袋子，那姑娘
犹豫着说出什么，许太太就笑着摆摆手："找到工再交房租
吧，不怕的。"

许太太帮着这个叫伍梅的姑娘落了脚，当下就在心里感
慨，这姑娘长得真好，一头乌黑的发，线条也好，那细长的
眼睛，眼神里面全是好东西，小巧的鼻子和嘴巴惹人喜爱，
皮肤也白得像漂了似的，只是眉心有一颗痣，怕也是个苦命
的孩子啊。

许太太还寻思着给这姑娘找份谋生的工作，可伍梅住下
几日后便开始早出晚归。不久她的门前就出现一个男孩子，
三天两头地跑到姑娘屋里去。许太太从阳台上看下去，这男
孩一脸痞相，举手投足都不客气，她以为这是姑娘哪里结识
的男朋友，可是有一日却无心听见伍梅说："哥，这是我这
周的工资，你少赌一点，还是多还一点债吧。"男孩嗯嗯地
迈出了门槛，头也没有回一次。

伍梅来新西兰投奔伍天的时候，只听说哥哥要给自己办绿卡，出国时匆匆忙忙，听到这信儿的几个月内就在众亲戚朋友的羡慕嫉妒下打包好行李出国了。伍梅家在小城镇，出国七年的哥哥就是全部的希望，他们一家眼巴巴地盼一张绿卡，这些年的全部收入和积蓄都寄去那个遥远的国度，终于有一天等到伍天打来电话说："爹妈，我拿到绿卡了，让梅子来吧，我先给她办绿卡，等她的下来再给你们办！"守在电话前的爹妈乐得合不拢嘴，当下就去邻里炫耀了，回来不忘对伍梅说："看见没？咱家就得指望着你哥！你也争点气，早点拿到那绿卡，爹妈都等着呢！"

伍梅从小就知道，一家人的希望全寄托在哥哥而不是自己的身上，自从哥哥远走他乡，爹妈更把绿卡当作长久的期盼。伍梅不是个聪明的孩子，老早以前就整日跟在哥哥身后，为他所有的调皮善后。伍天读书时不写作业，就把伍梅的那一份抢去，让她吃着亏，伍天恋爱时喜新厌旧，也把伍梅推给前女友，让她挨着骂。伍梅一身慢脾气，谁惹了都不急不恼的，做父母的也逢人就说："我家儿子争气，闺女就让人操心哪！"他们嘴上说着，操的心却都是为了伍天。

可这一次伍梅却不愿意了，她是一边哭着一边收拾着行李的，自己两年前就跟镇上开药店的李叔家儿子小虎好上了，这好不容易两个人都找到份体面的工作就要和父母摊牌，结果就遇到这事了。伍梅和小虎说了出国的事，他一脸要哭的表情："咱不去不行？你就不会反抗一下？"伍梅说："爹能打折我的腿。"气得小虎三天没理她。伍梅收拾好行李的那天，去了小虎那里，进屋还没看见人影就听见声音了："伍梅，你真好命，有个在国外的哥哥，这就要把我忘了吧。"伍梅走到小虎跟前，硬生生把他头上蒙上的被子拉下来，自己又解开胸前的扣子。半个钟头后，伍梅把散开的头发拢一拢，穿好了鞋跟他说："等我三年，我哥说了，三年我就能拿绿卡。"那虎生生的男孩翻个身，穿上衣服扣紧扣子："三年，等你。"

临别那天，伍梅故意慢着收拾好行李，又惹来父母的一阵骂，千叮咛万嘱咐不要给她哥添麻烦。伍梅什么都听得模糊，只是望着远处，她都想好了，如果小虎哥这一刻出现，她就扔下行李和父母，撒腿就和他跑，她伍梅从小窝囊到大，独独为这一刻攒足了勇气。

可是小虎哥始终没有出现，伍梅就这么紧赶慢赶地走了。

伍梅出了国才知道，哥哥伍天闯了多么大的祸，他染了赌瘾，这些年先是把学费输干净了，然后把家人寄来的生活费也输得不剩了，接着又输跑了谈婚论嫁的女朋友，最后输得连自尊和廉耻心都没有了，只输得剩下他这一个老实巴交的妹妹。他哪里有什么绿卡，千百次急急地催着伍梅来，只是因为自己欠下高额的债，一个人慌了阵脚。伍梅在落地第二天就用那双细长的眼睛看到，伍天为了还债，跟着同乡在餐馆里炒菜赚钱，老板可怜他，让他晚上在店里打地铺，伍梅兴冲冲赶来的时候，伍天却抱头痛哭着，说他是混蛋，怎么偏偏沾上了赌。伍梅知道了只是叹气，她从来也没反抗过，所有的荣耀都因哥哥来，委屈也自然得帮他撑着，不然还能怎么着。

伍梅来了，脚还没落稳，伍天就给她寻了一份工厂的工作。这些包装厂二十四小时作业，只靠双手不靠嘴巴赚钱，工资低工时长，最后人人都熬成一副行尸走肉的僵尸相。伍梅一周在那里站了七十个小时，满脑子都是小虎的脸和伍天的债。她心里愁着，却也想着，帮伍天还完钱，她就回去跟爹妈坦白，和小虎哥结婚。伍梅这样想着，第一次发了工资就去找伍天，却没在餐馆里找到他，倒是那同乡笑了一声："呵，你哥去酒吧买菜了！"

伍梅纳着闷，总算在餐馆附近的酒吧里找到他，伍天正坐在一台老虎机前，眼睛盯着屏幕上滚动着的猫猫狗狗，不断从兜里拿出硬币塞进去，伍梅说："哥。"伍天眼睛不看她，丢进最后一枚硬币，骂骂咧咧地把老虎机的键子砸得噼啪响。酒吧的吧台旁坐了一水儿高大的白皮肤男人，而游戏室里却挤满了黄皮肤的中国男人，白皮人盯着黄皮人，一脑袋的问号，这赌性偏偏就根植于亚洲男人的血统里，是那五千年谦卑文化里生出的最冒险的一笔，白皮人们不知道，很多男人就靠这肾上腺激素猛升的快感来维持活着的欲望，比如此刻输掉最后一分钱早已把赌债忘在脑后的伍天。

伍梅拉住伍天："哥，咱们走吧，我开工资了。"

伍天这才看了伍梅一眼，看她从兜里翻弄出一沓子钞票。伍天从中抽了一张，和伍梅讲："梅子，你不知道，

这一个键子按下去，运气好的时候就是个一千块哩！"伍
天不动地方，两分钟后，一张钞票没有了，二十分钟后，
一沓子钞票就没有了。伍梅坐在伍天身边，急得都要哭出
来，伍天也恼怒得满脸通红，最后机子里只剩下两元钱余
额，伍天啪的一声按下去，屏幕突然黑下去，游戏室里一
阵刺耳的响声，伍天蹦起来，吓了伍梅一跳。伍梅这才知
道，伍天中了jackpot，这不早不晚按下去的一下子，抵得
上伍梅两周的工资。

伍梅心里寻思着今晚再去工厂加个班，就跟伍天说：
"哥，你记得剩下点钱去还债啊！"她走出酒吧的那一刻还
不知道，喜形于色的伍天在接下来的三十分钟内，把刚刚赢
来的钞票又一张张地输进去，而她也并未察觉，那个吧台里
喝着威士忌秃顶松皮的灰眼珠的老男人眼神未曾离开过她的
身体，在伍天输光刚刚赢来的全部钱的时候，他适时地又递
去一整沓，他那时心里已经打起了伍梅的主意。

许太太近来晚餐又丰盛了一点，特意盛出一部分给伍梅
留着，自从许太太无意间听到伍天去赌博的事，她就寻思着
把伍梅的房租也降下一点，可总是见不到她。伍梅早出晚

归，就连房租也是在每周二留在门口茶几上的。这天晚上，
许太太照例在楼上边看电视边织毛活，家里空出的一个房间
让手头紧紧巴巴，许太太花几个晚上织些小孩子的毛衣，卖
给街角那家店。陪酒女郎已经回家，作家大概也还在阁楼里
写着什么，伍梅也回来了吧？许太太这样想着，却听见一阵
响动，一个男人粗野的喘息从哪里传出来，多年来住在这里
的陪酒女郎偶尔失足几次，许太太都默许着，她去楼下厨房
盛一碗汤，打算去敲伍梅的门，却撞见个白皮肤衣衫不整的
五十几岁男人从伍梅的屋子里走出去。许太太吓了一跳，赶
忙又跑上楼，那一晚，浴室里传出的流水声，格外漫长。许
太太在楼上放起音乐，却心神不定，手里的毛活，钩错了一
次又一次。

那一天伍天把老头的钱赌输了七千块，老头一双灰眼睛
眯成一条缝，把烟圈吐在伍天的头顶，慢慢地说："这钱三
天之内必须交到我手上，不然……"老头把话留了半截，非
要凑在伍天的耳旁说。伍天当晚在伍梅的房门外坐了一宿，
他听见妹妹低声而持久的哭泣，自己也拖着鼻涕恨不争气。
天边刚白起来的时候，伍梅打开门，叫醒了缩在地上的伍
天："哥，我干。"

伍天真的不赌了，他每次看见老头去找伍梅，都要偷偷在心里哭一场。伍天每次从伍梅那里接过钱，要失眠一整个晚上，他不敢告诉伍梅，自己还有五万七的赌债，五个债主都下了最后通牒，限令伍天一个月内速速还上，不然就断了他半个胳膊寄回家里面。可是伍梅还是知道了，她去找伍天的时候看见了他手机里没来得及删的恐吓短信，她沉默，装作什么也不知道，可心里却偷记下那个电话号码，当晚就去见了债主。那一天伍梅开始知道，她的漂亮，原来是可以用来抵债的。

伍梅在那个晚上想起了家里还等着自己的小虎哥，就提笔写了封信给他。几个月后爹妈却把同一封信寄回来，又在信底下加了一行大字："人家早结了婚，还把你给了他身子的那事到处说，你丢尽了咱伍家的脸。"伍梅盯着那几行字，也像输了什么一样，从此对什么都没有了抵抗。她让那些男人在自己的房间里进进出出，抵去几百块的债务，这楼里的阴影，也罩在了她的心房上。

这一天许太太心里烦着，几个月来她总是能听见伍梅房间里的响动，她不知道自己是该去找伍梅谈一谈，还是当作什么都不知道。一个年纪轻轻的姑娘就这么毁了，可她还有哪条路？伍天会怎么想？就这么想了半天也没得出个结论。她又想起作家已经一日没下来吃饭了，就把中午剩下的饭菜热了热，又拿上酒杯，往里面倒上一点威士忌。

敲响门的时候，作家眼神聚焦在许太太的身上，这让她脸颊上飞快闪过一丝绯红。一转眼，作家已在这里住下了整十年。作家是不矮的，却因为多年伏在桌前，许太太差一点忘记他的身高。他有四十几岁吧，抑或是四十岁不到？这十年里阴影楼外的什么都在变，似乎只有这里面的许太太和阁楼里的作家没有变。作家的眼神依旧单纯忧郁，声音也低沉的好听，许太太不自觉地脸又红了一通，问他："你又在写啦？这次写什么呢？"

那作家说："一个爱情故事。"

许太太也不问个究竟，那作家却开了口："我在写一个单身女人和一个作家的爱情故事。"

作家就看着她，也不说下去，偏偏让许太太独自去咂摸这话里未挑明的意思，许太太却慌了，胡乱编了借口就跑下楼。她这会儿在镜子前看了看自己的胸脯，好像又塌下去了一点，脸上的斑点也隐隐约约地长出了几颗，唉，她心里叹着气，更何况，再好的男人也不愿意和一个不能生孩子的女人在一起吧。许太太想了想，把柜子里半瓶的威士忌，给自己倒了点，喝到胸口发烧。

伍梅不久就怀孕了，挺着大肚子，可那些男人接着来，高矮胖瘦的，都是同一样的猥琐。原本改邪归正的伍天再一次受蛊惑赌瘾发作，在赌城里一宿运气不佳，可人人都知道他有个漂亮的妹妹，甘愿借钱给他看他流水般输掉十几万。伍天去找伍梅，发誓再也不赌了，可是伍梅的眼睛里却没了光，只剩下顺从。

伍梅快要临产的那几天，许太太四处联系着医院，可伍梅执意不去，她求伍天拉来个接生婆，胡乱塞了二百块。接生那一日，连续一天一夜，伍梅在屋子里咬断了枕巾，湿透了床铺，就是没吭一声。等到接生婆接过许太太备好的红包告辞时，伍梅半倚在床边，脸色惨白得像死了一回。许太太一口口把红糖水喂给她，而伍梅看着身旁粉红色的小婴儿，她自己没哭，许太太看着伍梅几缕粘在前额的头发，想起了她初来的那一天，竟呜呜地哭了起来。

半年后孩子已经长出模样，一双眼睛是欧式的，头发半黑半黄，皮肤也白得透明。伍梅叫孩子小雨，她只有逗孩子的时候脸上才带笑。伍天把一个男人的容忍度用错了地方，禁不住诱惑重操旧业，赌债又欠了许多，开始有三三两两的债主追到门上，逼得他把一份工作也丢了。伍梅彻底成了赚钱和还钱的工具，许太太帮忙照顾孩子，常常抱着这孩子到作家的阁楼去，什么也不说，什么也不必说，一边看作家写字一边织毛活。

这天晚上一个男人从伍梅屋子里走出去，许太太假装没看见，嘴上逗弄着孩子心里却想着，苦命的丫头，什么时候是个头儿？正想着这些，伍梅却开了门，许太太一时慌了神，一张脸红着，像被人看穿了心思。她说："伍梅……"

伍梅说："许太太，我明天早上要去别的地方走一走。"她说完，有些犹豫，好像又要说什么，又止住了。

许太太问："你去哪儿？"

伍梅说："挺远的地方，许太太，我明晚在别处吃饭，别给我留饭了。"

许太太问："你带小雨去？"

伍梅摇摇头："许太太，我要麻烦您了，那地方她没法去。"

　　许太太点点头，看见伍梅的脸上竟然上了妆，裙子也是不常见的，整个人竟有一股凄凉的美丽，她身后的屋子，空了一半，许太太看见她缓缓关上了门。

　　第二天许太太照例早早起床，她做一种新式的糕点，几个月前从孟太太那里拿来的菜谱，早已经做到熟练，可不知为什么，这一日胸口像被一块石头紧紧压着，透不过气，一个好好的蛋糕，配料比例错了，外皮也焦了，放一块在嘴里，又硬又无味。这时电话响起，许太太被吓了一跳。

　　许太太家中的电话不常响起，住在这里的人几乎和外界都没什么联络。偶尔铃声响起，也是那说英语的人给推销什么不懂的玩意儿，许太太总是礼貌地说一句"我不会说英文，对不起"，然后就挂了。可是今天这电话里的声音，却让许太太丢了魂。

　　"伍梅死了，她翻了车。"伍天说。伍天的声音平静，平静得可怕，电话那边却有赌城里纸醉金迷的声音传来。

　　许太太抓了阁楼里的作家，两个人慌张地赶到出事现场。山路险要，几个转弯，小雨大哭不止，许太太心里琢磨着，伍梅到底是因为什么去了那里？

伍梅死了。她从公路上翻下来，掉进悬崖下，那辆开了许久的小汽车摔得扁平，她就被压紧在那里面。许太太看了一眼，差点昏死过去。很多年过去，她渐渐忘记了这个生命，可是她总是会想起，那个碎掉的头颅，血肉模糊地在眼前，她还是会梦见伍梅眉心那一颗痣，血渐渐从那里流出来，流满了整张脸。许太太始终不明白，在那个伍梅美得凄凉的夜晚，她到底是在预知，还是在预谋着自己的死亡。

那一年，小雨唯一的亲人伍天彻底消失了，有人说他被遣送回国，也有人说他的半只胳膊比他先回了国。陪酒女郎也终于厌倦了自己的职业，她在一个清晨和许太太告别：“许太太，我不年轻了，得给自己谋个好人家去了。”她在枕头底下给许太太偷偷留下一封信，她向许太太说抱歉，自己撒了谎，她无法控制地爱上一个有家室的男人，打算去和他私奔。许太太也在枕头底下发现一条不见了很久的项链，陪酒女郎在信里说：“许太太我偷卖过你的一条项链，上个月终于赎回了它。”

　　这阴影楼里最终只剩下许太太和作家，她抱着小雨，抚摸着她卷曲的棕色头发，突然感慨自己耗尽半生也无法等来的幸福。那一年，许太太决定卖掉这座阴影楼，也决定将自己这阴影般的人生晾晒在太阳下。也就在同一年，作家写出了一本四十万字的书，三个月内账户上多出了三十七万块。许太太把最后一件东西搬出阴影楼的时候，第一次仔细打量作家，走出阁楼的他，原来是如此英俊高大的人。

　　许太太说："真好，这么多年的努力总算有回报了，以后你能有一个真正属于自己的书房了。"作家的脸现出一丝红色，那常年隐居在阁楼里的皮肤，特别敏感而脆弱，他从裤兜里摸出一张银行卡，竟递给许太太："太太，给你。"

　　人们后来议论起阴影楼，总是拿这样的猜想嚼舌头，他们说那个作家写出一部作品，许太太见风使舵钻了他的怀，也有人说他喝了许太太那么多年的威士忌，喝出了一种别样的感情。多年过去，阴影楼易了主，最终老旧到被拆掉，方太太继续靠租房营生，名字从玛丽换成了莉莉安，一张嘴却还是八卦的，她和那些不肯把房子改装的独身太太说："还记得当年住在许太太家决心要回国的男孩子吗？后来还不是到我这里住，我给他介绍了假结婚的姑娘，他才不用回老家去卖豆腐……"她也和别人嚼舌根，幸灾乐祸地说："当年那个陪酒女郎被正室整得惨哟，到现在都下落不明哪……"偶尔她也和别人说起命运多舛的伍梅和消失了的伍天，也顺连着想到失联的许太太，还有她守了半生的阴影楼，和孟太太一起喝茶的时候感慨着："不知道小许去哪里了呀……"渐渐地，人们忘记了那栋阴影楼，那些住进过阴影楼的人也忘记了自己有过那样一段灰暗的日子。他们只会在某个瞬间想起许太太每晚留在冰箱里的食物，又想起那个最后和她走在一起的作家，但没有人会在意他们去了哪儿。

　　而十五年之后，一个模样俊俏的小女孩朝我走来，她的皮肤白皙，一双半欧式的眼睛里面流淌着的全是好东西，手里拿着从阁楼书房里找出来的书："爸爸，你写什么呢？"

　　我认真地回答她："我在写一个十五年前发生的故事，那时爸爸就住在阁楼里呢，这个故事就写到这里吧。"

扫码与作者面对面

太姥爷的笑着活

　　每个人身边都有很深刻的故事，我们都一样。活下来的，都经历过沧桑，活下来的，都学会了乐观。

文 / 袁立聪

1

　　老话讲，人间正道是沧桑，的确，生活中有很多无奈，让你无法挣脱时代的束缚和生活的苦难，只能靠着自己的意志去乐观地面对生活的坎坷，其实笑着活是种不错的生活态度，这也是我太姥爷的口头禅。

似乎那个年代的人，只有笑着，才能活下来。

太姥爷的故事，就是中国变迁的历史，关于他的生活，我采访了奶奶好久。最后以奶奶的口述为依据，以家里的文献为积淀，几经易稿删减，终于写完。

当这个故事写完，我忽然发现，历经清朝、民国和新中国这样一个横跨三个时代的人物，竟然离我这么近。

后来我跟龙哥聊这个故事，我说：我从未见过太姥爷，没想到这一写，竟然写出了一个时代。

龙哥告诉我：每个人身边都有很深刻的故事，我们都一样。活下来的，都经历过沧桑，活下来的，都学会了乐观。

2

我对太姥爷的印象是奶奶家那尊面带微笑的石像，雕工很精致，一直放在阳台的花丛之中。据说这尊石像是太姥爷的病人为了感恩太姥爷的治愈之恩送给太姥爷的，那个年代，许多医生给人看完病是拿不到钱的，动乱年华，命如草芥，只有有良心的人才会看病行医。

可惜，我小时候懂得并不多，只知道考试前拜拜这尊石像肯定会带来好运，中考和高考居然都灵验了，弄得我十分迷信。虽然从来没见过太姥爷，但他确实那么亲切，石像的微笑很阳光，很慈祥，像是一位故人站在时代的风口浪尖，喘息着大江大海。

慢慢地，我长大后，从奶奶和伯父的一些支离破碎的回忆中勾勒出了太姥爷的故事，直到最近我产生了动笔的想法，想写写这位清末就出生的人物。

我抓着奶奶和伯父滔滔不绝地发问，我搜集了很多素材，问了老一代街坊，我也看到了太姥爷仅有的几张照片，他笑着，就那么一直笑着，像那个世界从没有动荡，从没不安。

奶奶告诉我，太姥爷行医信奉着一个原则：有钱就给钱，没钱也要救人。

我问奶奶，那会不会有人故意不交钱？

奶奶说，每个时代都有坏人，但你不能用看坏人的眼光去看每一个人，你应该先把每个人的初始设置成好的，而不应该相反。这样会让自己变坏的。

我点点头。

奶奶继续说，这是你太姥爷告诉我的道理。

3

那些照片里有一张是清末民初时期的，太姥爷穿着清朝的褂子，戴着一顶精致的帽子，他中等身材，最引人注意的还是太姥爷那迷人的微笑，很阳光，给人一种看似有些木讷但是眼神会说话的感觉。

可谁又知道那个时候的中国是什么样的呢？

太姥爷是光绪年间出生的，具体时间记不得了。太姥爷平时不爱说话，他知道言多必失，没事的时候，一个人捧着书，窗下苦读，偶尔遇见邻居，也只是点头微笑。他很有才气，靠着自己的努力考上了清朝时期的优贡。所谓优贡，就是科举制度中由地方贡入国子监的生员中的一种，一个省就几个人，这些人可以当知县，也可以更有发展。

清朝科举腐败，谁也不知道一个人当了官是因为背后有人还是寒窗苦读后的必然结果。

可是，邻居之间忽然传开了一个不实的消息：太姥爷家朝中有人。

他一个平民孩子出身，血气方刚，听不得别人议论，于是拿着块石头就走了出去。

他父亲赶紧拦住，跟他说：大丈夫岂能为碎语动粗？

他想想，忽然恍然大悟，每一个有所成就者的背后，都是讥言碎语，成大事者，应该勇往直前，盯紧目标。

后来太姥爷在民国时期以优异成绩考入财政部，当了杭州的县长，民国时期在冯玉祥将军麾下当过文职，后来又借调到河北任地方官员。

他经历了清朝、民国的官场生活。

官场如战场，一不小心就会从天堂到地狱。那时战乱频仍，民不聊生，河北灾荒严重，他身为父母官，下去私访时看到民不聊生，除了流泪，却也无能为力。

逐渐，他厌倦了当官，厌倦了高高在上却无能为力的样子。

于是，他开始学医。

一开始并不顺，他请教了当地知名的大夫，拜师于当时有名的医院。

这是他人生第一次转折，一边当着县长，一边学习着医术，前者救国，后者救人。

几年后，他辞官从医，只身来到北平，结婚生子，有了我奶奶。

4

七七事变，日军借口一名士兵失踪，进攻卢沟桥，侵华战争从此拉开序幕。忽然，一切都变得动荡不堪，奶奶告诉我，从那个时候开始，他们一家除了逃难就是颠沛流离。

太姥爷带着一大家子人包了一辆黄包车逃离战火纷飞的北平城，沿途死尸遍地、惨不忍睹，老百姓哭丧着，士兵哀号着。二十九军将士浴血奋战，死伤无数。

在路上，太姥爷一家遇到一个日本兵的袭击，日本兵当时想抢走太姥爷的箱子，奶奶上前保护，脑袋被日本兵的枪托狠狠地击中，太姥爷心急如焚，冲过去保护奶奶，刚好一个珠光宝气的女人从他们身边跑过吸引了日本兵的视线，日本兵转移目标，太姥爷一家才幸免于难。

说到这里，奶奶捂着头说：头上肿了一个大包，当时真的是吓坏了，那年我才六岁。

经过一天的奔波，他们住进了一家客栈，不善言辞的太姥爷不断安慰幼小的奶奶，用宽大的手掌抚着奶奶的头说，活着就好，没事的，过了这道坎儿就好了。

吓坏了的奶奶在太姥爷的不断安慰下慢慢平静了下来，内向的太姥爷暖心地朝奶奶笑了笑。其实很多小小无言的细节此时会产生巨大的效果。

奶奶告诉我，那个笑容，我至今都记得。

他就像电影《美丽人生》的那位父亲一样，用自己的乐观影响着孩子，仿佛这场战争和刚刚的残忍不曾存在过，那个年代谁也没法决定第二天是否能看到太阳，但人只能决定自己是否应该乐观地活着。

太姥爷告诉家人：好在我们活下来了，对吗？

奶奶点点头，战争的疤痕最大限度地被太姥爷的乐观抵挡住了。

5

太姥爷医术高明，一路上救了许多人，靠着行医的微薄收入养活了全家。他从未想过行医竟然成了自己的谋生手段。

奶奶告诉我，太姥爷经常不收病人的钱，义务治疗。他说：从医可以为生，但不能坏了良心。所以当地人很爱戴他。太姥爷虽然曾是官员，但并没有像民国很多官员那样不顾百姓的死活，而是心系百姓，家里那个微笑的石像，就是当时病人送的。

太姥爷是尽自己最大的努力帮助战乱中的百姓，百姓也经常给他送吃的，那时，只有相濡以沫，才能共渡难关。

民国时期，尤其是1930年前后的时候，看病是一件很奢侈的事情。

当时有一个名词叫做"金条大夫"，说的是那些在中国开的西医诊所，他们医术是很先进，但是出一次诊就要几十美元，这对于一般老百姓实在是天价。

就算是公立医院，因为病人多而大夫护士少，也很难得到及时救治。

每当社会动乱，官府不作为，老百姓都会期待着侠客出现。

太姥爷就是那个时代的侠客，他尽力救治病人，能免钱就免钱。

一天深夜，太姥爷都要睡了，这时候来了一个病得很重的小男孩，高烧不退，甚至已经没了哭声，他的母亲很是焦急，跪在太姥爷面前求他伸出援手。

太姥爷不断安慰这位母亲，起身穿衣，立刻进行及时救治。

母亲很感激他，哭着又要跪下，太姥爷急忙扶她起来，语重心长地说，活着就好，好好活着。他用手勾了勾小孩的鼻子，做了个鬼脸，生病的小孩被太姥爷逗笑了，病痛似乎也减轻了许多。

太姥爷靠着看病的收入养活着一大家子，艰难但充满着希望。当时有太多大发国难财的大夫，他们良心泯灭，胡乱抬价，太姥爷却坚持用高尚的医德去救治那些贫苦的穷人。

奶奶说，太姥爷不让我们指责那些医生。他说，每个人都有自己的活法，我们只要立志不成为那样的人就好。

奶奶还说，那个战乱的时代，物资匮乏的年代，所谓的坏人，都是被逼的。

奶奶记得，战争时期的每个人都很痛苦，但太姥爷看完病总会朝病人笑一笑，他的笑或许对病人就像一剂心灵的良药，很多病人都是哭丧着脸来，笑着走出去的。

听着奶奶的回忆、阐述，我忽然感动到热泪盈眶，此时对太姥爷只有浓浓敬佩之情。

据说那个白色的雕像就是太姥爷的病人说这个笑着的人像他，才送给他的。

战火连绵，生灵涂炭，太姥爷用他的乐观的态度去面对战争给人们带来的苦难，用他的笑抗争着，用他的笑来抗争整个战争的残忍，是不是一种伟大？

6

记得奶奶还聊过太姥爷的一件很了不起的事儿。

那是太姥爷在江浙一带当小官的时候，此时正是四一二反革命政变，共产党人被大肆抓捕。

太姥爷所在的地区每天都会有很多共产党人的尸体被丢弃在城边。政治复杂，虽然老百姓不知道发生了什么，但这些尸体，一般人是不敢碰的。可太姥爷此时却下令偷偷将他们厚葬，能联系到家人的就将尸体悄悄运回他们的家中。

这在那个时期是要掉脑袋的！此时太姥爷只说了一句话：活着的我保不了他们的命，但死了的人我一定要厚葬他们，我不管他们是哪个党，他们是人！是有生命的人！

奶奶说，那个时代的人，都是事不关己，高高挂起。只有他，不愿看到别人横尸街头。

这令我肃然起敬，太姥爷虽然只是一个很小的小官，却用微薄之力去帮助每一个人，无论是谁，无论是哪个党派，他们都有生命，而生命是最应该被尊重的。

奶奶说，他总是去帮助那些该帮的人，无论这件事情多么的危险。

这表明了太姥爷的人生态度，一辈子，他好好帮人，好好做人。

7

一晃，建国了，从清朝、民国，到中华人民共和国，太姥爷经常开玩笑地说：我在同一片土地，看见了三个国家。

三年自然灾害时期，太姥爷要养活家里九口人，他靠给人看病为生，当时他已经七十多岁高龄了。

他时常在把脉的时候咳嗽不止，也经常揉揉疲倦的双眼，岁月在他的脸上刻满了年轮。

那时很多人吃不上饭，国家也不允许逃荒，许多人饿死街头。为了养家糊口，太姥爷想尽各种办法去赚钱。那时的太姥爷早就放下了自己的身段，放下了自己的身份，和街边的画家一样给别人写字作画，给富人家写写大字、对联获取微薄的酬劳。他早就忘记了自己曾经高高在上的身份，他知道填饱肚子比什么都重要。

在伯父的回忆中，即使在家里很困难的情况下，他也会接济邻居、病人，还经常给他们一些粮票。

当然在买菜的时候，因为太姥爷是名医，加上口碑好，所以他的很多病人，比如卖菜的大伯就常常比别人多给点儿。

有时候家里实在揭不开锅，太姥爷就会不断鼓励家人，通过吟诗让大家在精神上获得一些鼓励，虽然对于填饱肚子无甚作用，但总比只是唉声叹气着强。

甚至有时候他眯着眼摇头晃脑的感觉，让人觉得家里的日子似乎并不是那么难过。家人们总是在饭后围坐着看太姥爷写字、听他吟诗，虽然日子过得苦一些，但是那种精神力量鼓舞着大家继续活下去。他依旧不爱说话，但是他总能用自己的乐观去影响大家。

奶奶说，自然灾害并没有冲垮太姥爷一家，虽然大家都瘦得不成人形，但是精神状态都很好，因为他一直在笑，总是在笑，所以，我们也哭不出来。

这就是乐观精神的力量吧。

8

"文革"，那个特殊又复杂的时代。

因为太姥爷在民国当过官员，所以"文革"时期太姥爷一家没少挨整。

红卫兵小将们血气方刚地冲进太姥爷家，家里的字画都被抄走了，能砸的也都被砸了，没人拦得住，也没人敢拦，一次次的威胁，一次次的恐慌，一家人陷入了深深的苦闷中。

可这仅仅是个开始。此时太姥爷年事已高，动作缓慢步履蹒跚，毕竟当时他已经八十多岁了，可还要每天走很远去接受人们的批斗。

批斗的地方离太姥爷家有近一个小时的路程。中间要穿过四条铁道，而且路况很糟，但是太姥爷依旧很坚强地每天清早就去走这段漫长而曲折的路。批斗时语言的谩骂，人身的攻击，让这位历经三代的老人受尽屈辱，但是太姥爷依旧很坚强，没见过他精神崩溃。

他每天很晚才回家，进门前总会先拍拍身上的土，尽量不让亲人看到。晚上有空就看看仅存的几本书，写几个字，似乎白天的狂风暴雨并没有冲垮这饱经沧桑的老人。

后来，红卫兵变本加厉，让太姥爷去扫厕所，倒痰盂。

伯父讲到这里，声音有些哽咽，因为那时候他曾经陪太姥爷去过，厕所的恶臭，痰盂的肮脏，这怎么能是一个大夫一个曾经的官员干的活？

但太姥爷很平静，用他缓慢的动作去平静地做这些肮脏的事情。有时候扫着扫着就被厕所的恶臭熏得喘不过气来，痰盂更是恶心，呕吐是常有的事情，毕竟他已是高龄。这些常人难以忍受的痛苦他都忍了，然而无论受到多少委屈，他都没有抱怨，每次回到家，依旧微笑着面对家人，甚至还会跟家里人逗乐。

奶奶印象最深的是，那个特别的年代，即使再困难，太姥爷依旧也会吟诗，写几个大字，毕竟，晚上那仅有的不到一个小时的看书和作诗时间让太姥爷的生活不是那么苦。

他总是说忍忍就过去啦，大家坚强点，不断为大家打气，殊不知，自己是最苦的那个人。

十年"文革"，太姥爷是用精气神和那乐观的劲儿挺着，多么屈辱的生活也没能打散这个老人的魂儿，文人的风骨没有散。那个年代，有多少人出卖过朋友或是亲人，可他只是一个人，默默承受这一切。

就像老舍先生《四世同堂》中的那段很经典的话：患难是最实际的，无可幸免的；但是，一个人想活下去，就不能不去设法在患难中找缝子，逃了出去——尽人事，听天命。

生在这个年月，一个人须时时勇敢地去面对危险，小心提防那最危险的事。你须把细心放在大胆里，且战且走。你须把受委屈当作生活，而从委屈中咂摸出一点甜味来，好使你还肯活下去。

在苦难中，太姥爷用吟诗和写字去咂摸那委屈中的甜味。在变动中，太姥爷用乐观和积极去体会着难熬中的美好。

这些，有多少人能做到呢？

9

太姥爷没有挨到"文革"结束，他病逝于1971年，享年八十六岁，还有五年，他就能看到曙光了。

去世前太姥爷已经全身瘫痪了，而且语言表述也很艰难。即使这样，在伯父和奶奶的回忆中太姥爷依旧很乐观：八十六岁高龄的太姥爷躺在床上，用他那明亮的眼神看着伯父和奶奶。

虽然当时很难受，但太姥爷的目光柔和而温暖，嘴角还会时不时上扬。伯父说那是最难忘的眼神，四目相对时总感觉太姥爷在鼓励家人继续勇敢地面对这一切，"文革"没有摧毁这个老人的心。

就算是弥留之际，太姥爷依旧在鼓励着大家，就算他无法说话，甚至连动都不会动，但他的眼神中依旧透着那种力量，那种力量，鼓舞着身边每一个人。

太姥爷走的时候很平静，很安详。

安静地来，安静地离开，只是这个世界，因为有他，多了一丝乐观。

"文革"后，太姥爷得到平反，而且他被列为天津文史馆馆员，他留下的诗词书画很有名气，曾和张伯驹等人的作品一起入选过《流霞集》诗集。许多人说太姥爷的文人风骨真的很少有人能比。

10

听着奶奶和伯父的口述，虽然我只见过那个白色的雕像，但是我依旧能感受到太姥爷那乐观向上的积极态度。

他不爱说话，但是却能在奶奶最需要关爱的时候用一个微笑去鼓励奶奶勇敢地面对战争带来的苦难；在老百姓危难之际，他并没有想着发国难财，而是尽量免去病人的医药费，且时不时还宽慰病人，给病人带来一些希望，让他们在国难中活下去。他冒死安葬共产党人，宽慰家属；"文革"时期，能勇敢地面对批斗，忍耐扫厕所的屈辱，倒痰盂的恶心，还能回家的时候吟诗。其实太姥爷都在笑着活，乐观地面对一切。

这真的能反映他们老一辈人的乐观坚强，他们忍受的是时代所带来的苦难，既然逃不掉时代的枷锁，就在枷锁中跳舞，笑着活下去。

我们这么年轻，生活在如此美好的时代，笑着活这种态度又有多少人能理解呢？我们见过太多的年轻人因为一点小事就烂醉如泥，甚至自杀，去做一些出格的事，其实他们真应该去向老一辈人学习学习如何坚强，如何面对挫折苦难，如何几起几落后依旧乐观看这世界。

我们的事如果和老辈人相比算得了什么呢？

笑着活是一种生活智慧，一种修养。

我们每个人都应该去了乐观地活着，毕竟风雨之后总会有彩虹。

面包会有的，幸福也会来临的。

11

太姥爷的一生诠释了乐活，笑着活下去的意义。作为他的后代，我很自豪也很欣慰能撰文纪念他老人家。

这位历经三代饱经沧桑的老人，他的智慧和气度很少有人能比。其实生活中有很多这样的人物，他们可能不像历史中的英雄或者十分著名的人物被历史着重记载，虽然可能在大浪中被淹没，但他们的故事同样很精彩。

我始终觉得历史是由小人物组成的。小人物的悲欢离合、嬉笑怒骂、生离死别组成了时代的色彩。作为笔者，我们真的应该多了解了解老辈人的故事，会发现每个老人背后都不简单，他们都是经历了一个时代甚至两个时代的人，他们的故事，他们的经历也许我们这辈子都不会感受到，他们所给我们带来的智慧，带来的启发是无穷的。

有些事情，我们不用经历，也不愿经历，但听别人的故事，总会有更好的启发。

每个人身边都有健在的老人，你的爷爷奶奶，可能他们很希望和你聊聊天，希望告诉你他们的故事。

这不是老人的唠叨，而是老人的财富，积攒一辈子的财富，谁也买不到。

在我的写作道路中，每当我没有灵感，没有自信的时候，想想太姥爷过往的事儿，想到太姥爷对于坎坷乐观豁达的态度，笑着活下去的信念，都会激励我继续写下去。一点写作的困难比起太姥爷这辈子的坎坷经历又算得了什么？想到这里，我就又有了写下去的勇气，慢慢就重新找回了写作的灵感。"笑着活""乐观的精神"可以说时刻影响着我，影响着我们一家。

祝我们都能笑着活，乐观地活下去，毕竟这世界没有过不了的火焰山。

扫码与作者面对面

一个伤疤，一些人，一座城

强壮这个词，蕴含了太多故事，蕴含了太多血和泪。

文 / 李尚晶

当记忆还鲜活，我愿意写下这个故事，因为我知道，我们都善于遗忘。

波士顿的马拉松，是世界上最古老的马拉松赛事。每年成千上万的参赛者在四月第三个星期一，也就是爱国日

（Patriot's Day）这天来到波士顿，这个我从来都相信是美国最美的城市，没有之一，直到2013年4月爆炸案的发生。

那时候的我是波士顿大学商业财经新闻专业的研究生，当天的作业就是去采访举世闻名的马拉松，不得不说，在这个单调甚至有些无聊的地方，兴奋环绕着每一个波士顿人。下午一点钟左右到达Kenmore Square，一出地铁站就被欢呼的人群包围。巨大的Citigo标牌展现在我的面前，这个波士顿标志性的商业广告牌，同时也代表着选手离终点还有最后一英里。

我沿着选手路径向终点走去，人潮的欢呼声和涌动让我觉得一切都是那么激动人心，我微笑着举着相机，偶尔冲向跑道给选手拍照并且大喊加油，这一路，感受到的都是热血，都是热情。我一路享受着漫长冬季之后的暖阳，看着雀跃的人群，心都笑了。快到终点时，人越来越多，还有两个街区的时候人已经多到让我无法向前移动，于是我决定不沿着跑道前行，就从旁路绕到了终点后面，去堵选手。

我站在终点后面一百米左右，看着跑完了的选手戴着奖牌披着披风走出来，我迅速跟着他们的脚步，走出跑道。我找到了美国选手、中国选手、韩国选手，边跟随边采访，记录他们辉煌的时刻。这样的跟踪报道让我逐渐远离终点，却也成功让我躲过了一难。

阳光依旧晴好，当人们以为世界会就此安静时，意外却悄然发生。

我欣赏着人们兴奋的雀跃、胜利的喜悦和赛事结束之后彼此扶持的温暖画面，突然间，终点线前一声巨响，几分钟后，警车救护车像疯了一样响着警笛，穿梭在路间，所有的志愿者紧急疏散路人和已经结束比赛的选手。我不知道发生了什么，直觉让我跟着警车向前跑，跑到离终点很近的地方，警察拦住了我。

我看到两个黑人在发抖。我问，发生了什么？怎么没有选手了？黑人阿姨对我说，前方终点线两个炸弹刚刚爆炸，然后就再也没有选手冲过终点。"我们都在等待亲人。"她说。

我双眼一黑，赶紧掏出手机，我知道我们新闻专业的同学都来报道了，而且全部都守在终点，我要找到他们，他们在哪里？是否安全？可是，这种关键的时候，由于警方怀疑手机可能引爆炸弹，已迅速将现场手机信号全部屏蔽，所有的人瞬间陷入了迷茫。

我听到的，只有尖叫，感受到的，只有恐慌。

那一刻，几乎所有社交软件都被屏蔽，我却惊奇地发现，微信居然能用！感谢祖国，因为微信是中国特色出品，当微信发送成功刹那，我的心瞬间踏实了许多。

我通过微信联系到了同学们，当得知他们都没事的时候，心里一个大石头落下了。

束手无策从来不是我的词汇，我心想，既然无法接近爆炸现场，可以去family meeting area（家属聚集区），因为选手们赛后都会去那里和家人会合，如果他们没有找到家人，一定会很担心。

我想在那里，一定可以做点什么去帮助别人。

于是我逆着人群，跑了过去，那一刻，做出这样的决定是要冒着生命的危险，毕竟，谁也不知道还会不会有另外一颗炸弹。

果然，family meeting area乱成一团，我旁边刚跑完的参赛选手嘴唇发紫，下巴不停地抖动。Information center（信息问讯处）旁边围满了人，都在急切地询问着亲友的信息，那种骚动、焦虑，是我这辈子都不愿再看到的。

我看到一位不太会说英语的中国人在焦虑地走动，于是急忙上前，询问她家人的参赛号，到咨询台查找她家人的具体位置，很庆幸她的丈夫那个时候离终点还有几公里，尚且安全。我还看到一位意大利选手在跑完后着急联系家人，便拿出手机，借他使用。

危难时刻，只能尽我所能，虽微不足道，毕竟心安。

恐怖袭击面前，人人都是弱者，只有互助，才有机会化解危难。

当时我看着混乱的场景，突然想到，这学期我们上了好几个月的新闻法与伦理，课堂上讨论了很多次记者的经典困境：当灾难发生在眼前，你是先选择救人，还是先选择报道？

我曾经想象自己如果亲临现场会怎样抉择，结果真碰到了。

然而此时此刻，我如何能继续报道？我忘记了询问采访对象的姓名，相反，我不停地把我的姓名和手机号码留给参赛选手和他们的家人，告诉他们如果需要帮助打电话给我，我住在波士顿。

那时，我早已忘记了自己的记者身份，我只记得，自己是个人，是个需要帮助也能帮助别人的人，当下，所有人都是受害者。

所以在接到国内媒体的采访请求时，我没有配合他们去采访受伤人员，因为当下最需要做的事情是让这些伤员都能够得到救治。

爆炸过后一小时，家属聚集区停留了太多人，毕竟，大家无处可去，谁知道危险在何方。警方通知可能还有第三次爆炸，命令把所有人都转移到市中心的Boston Common区域。

这个时候，我才想要离开。

我打开手机，信号来了，看到了满是慰问的短信和关心的微信。我一一回复，告诉大家，我很好。这个时候还是国内的凌晨，我赶紧发信息给父母："爸爸妈妈，你们会看到波士顿爆炸的新闻，想告诉你们，我很安全。"

后来才知道，第二天，当微博头条报道了这件事情时，家人从床上跳起来准备立刻拨通美国这边我的电话，看到了这条微信，心忽然平静了下来。

如果问我怕吗，其实爆炸后的三个小时没有感觉到害怕，真正开始害怕，是刚登上地铁离开现场的时候。当时临近傍晚，天开始降温，我坐在地铁上拼命地发抖，终于默默地哭了出来。不知道是因为寒冷，还是因为恐惧，终于开始了。

第二天下午，我拿到了学院的记者证，跑到记者发布会听麻州州长Deval Patrick和当时的波士顿市长Thomas Menino以及FBI公布最新调查进展，出这么多事，政府终于给说法了：由于两个在终点的炸弹是凶手自制的高压锅爆炸设备，声音并不大，但伤亡数很多，一百多人重伤，死亡三人，场面非常血腥，很多人被直接炸掉了双腿、双手。轻伤人数，不计其数。

警方公布了两名死者的姓名，其中一名是一位8岁的儿童。然而当时的我突然惊恐地发现第三个死者名字没公布，我站在记者席一直想提问第三个是谁，但并没有轮到我。

事后，我刷着微博，忽然看到一个波士顿好朋友在微博上发布了一条信息："我的室友吕令子从昨天到现在一直没有回来，手机联系不上，已经报警，请同学们看见她一定要告诉我。"

由于消息是发在微博和微信上，转发和传达的范围也仅限于中国留学生。

那一刻，我紧张了起来。

因为在发布会现场，我突然把未公布的第三名死者和朋友室友失踪这两件事情联系起来，忽然细思极恐，忽然不能呼吸，忽然鸡皮疙瘩全起来了。

那时只能祷告，祈求我的推测一定不要准啊。

可我想起这两件事情可能的关系的时候，我一直在干呕，停不下来。

晚上，美国媒体开始发布消息，第三名死者是波士顿大学学生且是中国人，因为家属强烈要求，名字不能透露。

我打给朋友，确定了是她，刹那，心都寒了，眼泪止不住流下来。

作为基本伦理，美国一流媒体都帮死者保密着，或者说在等待事情的进展，这样做，是为了保护死者身份，尊重离开的人和她的家属。

可是，这一套尊重死者的做法，在国内无良记者眼中，什么也不是。依稀记得，当时国内记者已经赶到，凤凰网"率先、及时、骄傲"地公布了死者照片、姓名、家庭状况等各种背景资料。

国内媒体也一个个紧跟着，各种转载，消费着刚刚发生的悲剧，更搞笑的是还有人传播着炸弹阴谋论，说这是波士顿自编自导的闹剧。

我弟在微博使劲儿发飙，与几个大V厮杀了半天，许久之后，他告诉我：姐，为什么有一些人价值观这么乱？

到后来，死者家属允许媒体公开死者姓名了，去世的第三个人名字是吕令子，我们的同校同学，我好朋友的室友。

可那时，国内所有人都已经知道了。

写到这里，我忽然想流泪，愿你在天堂安息。

接着，媒体开始关注后续，后续的哀悼，后续的处理，以及令子奖学金的设置。吕令子的父母从中国东北飞到波士顿，接下来几天在波士顿大学发表了讲话。

一对老夫妻，千里迢迢飞到一座也许从来不应该跟他们有关系的城市，不会说英文，刚落地，却见到自己独生女的遗体。

这座城市，或许与他们后半辈子都息息相关了。

我看完了现场直播，令子的父亲全程操着标准的东北口音，浓厚、悲伤、绝望，数次被自己泪水所打断。

你不会理解，因为你不是他。

没人会理解，因为我们都不是受害者。

于是我当时给父亲打了电话，告诉他令子爸爸说的话，父亲沉默了很久。

这个时候我相信全波士顿中国留学生的父母都会无比揪心。父亲祝我生日快乐，哦，我都快忘记自己要过生日了，可那时谁会记得呢？

他说，你看你现在平安无事，你就当这是上帝送给你的一份生日礼物。我微笑，谢谢父亲，谢谢上帝，谢谢让我重生。

后来我和很多朋友聊过其中的细节，每个人讲完的故事，都能让我冷汗频频，当时全班同学都在炸弹旁边，我的室友Siutan正在爆炸附近的一座大楼里写稿子，爆炸发生后所有人恐慌地往楼下冲，她被人推倒了。

眼看踩踏事件就要发生，后面一个高大的美国人猛地将她扶了起来，才算逃过一劫。

奔跑中她的相机丢了，可是保住了生命。

我还有一个好朋友，在终点附近拍马拉松的纪录片。

当她的拍摄对象冲过终点时，她跑去搀扶，结果刚没跑几步，炸弹就在她原先站着的地方爆炸了。

后来她拍摄下来的东西全被FBI拿走了，说是为了国家安全。

她在微博上大骂，后来她也淡定了，毕竟，活着就好。

另外一个泰国同学，爆炸时她在两个爆炸点中间采访，爆炸后她惊慌失措，跟着人群胡乱跑动，回到学校发现听力受到了损伤。后来据说她睡觉的时候还有嗡嗡的声音，晚上时常会做噩梦惊醒，然后大汗淋漓。

类似的例子还有好多，活着真好。

我们都是得到恩宠的孩子，因为此时站在台上绝望地说话的人，并不是我们的父母。牧师带领大家祷告："亲爱的天父，我们为令子的家人祷告。我们同时也要为凶手的家人祷告，凶手的灵魂一定会下地狱，做出这样的事情会让他毫不知情的亲人非常痛苦，所以让我们也安慰凶手的亲人，愿他们都好。"

这种祷告词，我从完全不理解，到然后深深理解上帝的爱，以及牧师传达到的人文关怀。这里面充满了包容、饶恕和虔诚。

可是，事情并没有结束，并且如同电视连续剧般持续发酵。

清楚地记得，当晚回到家后我不敢再出门，外面警车声呼啸不止，电视上现场直播着离我不到两公里发生着的事情。

我们坐在电视旁边，密切关注着事情的动向。

FBI已经公布了嫌疑人的所有讯息，媒体也迅速挖出了两名犯罪嫌疑人的背景。根据后来的报道，制造波士顿马拉松比赛爆炸案的两名犯罪嫌疑人焦哈尔与塔梅尔是来自车臣的兄弟，年龄分别为十九岁和二十六岁。两人从车臣来到美国已有十年，在车臣时深受伴随分裂战争所兴起的伊斯兰极端主义的影响。

新闻开始滚动播放两名嫌疑人的照片。警方也迅速发现了他们的踪迹，并在麻省理工学院内锁定了二人的行踪。谁知二人武装齐全，随身带着枪支。警察迅速围上，双方发生激烈枪战。枪战中，麻省理工学院校警肖恩·克里尔被杀害。

随后两名犯罪嫌疑人一路跌跌撞撞，劫持了一个中国学生孟某的车，想要逃往纽约。

波士顿留学生圈子小，孟某是我学姐的朋友。他在行驶途中被嫌疑人塔梅尔劫持，并被用枪威胁着坐到副驾驶位上，成为人质。

后来他说2013年4月18日晚上10点30分左右，他为了发短信而将车停在路边，结果被焦哈尔与塔梅尔兄弟俩劫持。

案犯塔梅尔用杂志作掩护，一上车就用枪指着他，并向他展示了枪里的子弹。孟某回忆说："他说我是认真的，不要做蠢事。"

嫌犯骄傲地问他是否知道波士顿爆炸案，孟某听傻了，胆怯地点点头，嫌疑犯直接告诉他："I did it（我做的）."他继续炫耀着自己杀了警察，并问车内是否有GPS，当得到否定答复后，他要求孟某开车去纽约。

孟某载着两名嫌犯开了大约90分钟，一路颠簸，充斥着恐惧。

后来孟某在庭上称，自己在这段时间里想了很多，想到了家人、朋友、梦想，他说："我不想在当晚死在这两人手上。"

在行车过程中，嫌疑人焦哈尔问了一连串问题，包括在美国做什么，跟谁住在一起等。

孟某如实回答，只求保命脱身。

在被劫持期间，孟的室友曾用中文跟他发信息，问他在哪里，并说现在外面十分危险，让他早点回。

室友打死也不会知道，电话这头的车上，正坐着爆炸案的始作俑者，他每多说一句话，都意味着人质孟某离危险更近一步。

孟不停地挂断着电话，室友却依旧不停地打过来。

当室友的电话再次打来时，两名案犯令孟某接电话，并威胁称："如果你说一句中文，就立即杀掉你。"

于是他用英文回复，室友开始一头雾水，隐隐约约地觉出有些不对。

最后孟在两兄弟下车去加油买东西时弃车而去，据他回忆，当时脑海中无数次演绎了逃跑的动作顺序：左手开门，左脚落地，右脚先跑，他用此生最大的力气迈开步伐，逃到了对面的便利店。

他做到了，他说他甚至不敢想象如果两兄弟追上来他和便利店老板的处境。两兄弟看他逃走后非常生气，大喊大叫，幸运的是并没有追来，他们也只顾着逃跑。

孟，就这样，躲过一劫。

后来这位留学生给警方提供了非常重要的线索，警方也通过证词准确定位了两兄弟的位置。

两名嫌疑犯与警察最终的枪战发生在离我不到两公里的Watertown中，哥哥塔梅尔被当场打死，弟弟焦哈尔看见哥哥中枪倒地了，不仅没有上去搀扶，反而立即跳上车打算逃跑。没过几秒钟，车子启动了，焦哈尔开车向西疾驰而去，车子轧过了躺在地上的哥哥。

据说，这个留学生的车在枪战中被打成了"马蜂窝"。

据说，孟一回到宿舍，瘫倒在地。

焦哈尔此时依旧在逃，波士顿警方于是做了一个大胆的决定：封锁全城，停掉全城市民的工作，抓捕逃犯。

是的，这个城市就是这么的高效，追拿嫌疑人当天，全城员工休假，学生停止上学，地铁停运，只为了警方抓住在逃的嫌疑人，效率和决心高到让人震惊。

FBI花了一天的时间搜索弟弟的行踪，全城陷入紧张的

氛围。电视里的通缉令清楚地说道：嫌疑人可能全副武装，
十分危险。

全城又陷入了人心惶惶，依稀记得当时可以听见警车呼
啸而过，甚至听见枪声。所有人都在害怕嫌疑犯躲到自己所
在的居民区。

因为全城放假，我们住的那个院子有两栋大的三层
别墅，所有居民和租户都待在家里等待事情的结束，甚
至旁边一栋别墅的所有人都跑到院子里开始准备烧烤
barbecue，大声放着音乐等待胜利，同时也为房间里几个
兄弟缓解一下压力。那时候觉得美国人心真大，什么情况
都不忘记have fun。

警方说，当地一名居民在船只附近发现血迹，随即报
警。当地电视台直播画面显示，大量警车和防暴车辆将水镇
一座三层住宅团团围住，焦哈尔落网的院落里，一辆拖车上
停着用防水布遮盖的小艇。

波士顿立即出动大批警力和"黑鹰"直升机全城搜捕焦
哈尔，重点排查两人居住的水镇。

警方说，直升机通过热成像仪器发现藏身艇内的疑犯，
抓捕过程中再次发生交火。

然后，各路直播媒体突然就安静了，虽然只有短短不到半小时的安静，全城却焦虑地等待着，仿佛过去了一整天。

只知道，忽然，波士顿警察局在Twitter发布消息：抓到！！！搜捕结束，恐怖终结，正义取胜！波士顿市市长汤姆·梅尼诺在Twitter中说："我们抓到他了！"

焦哈尔身受重伤，已送往医院救治。

顿时，感动得眼泪掉下来。

当晚，这座城市如同赢得了一场胜仗。警察开着车驶过居民区，所有人都冲出来雀跃、欢呼、庆祝。

我从来没见过一座城市有如此强大的凝聚力，所有人聚在一起，他们的呐喊中充满激动，欢呼中夹杂眼泪，他们和这座城市在经历如此大风浪后爆发出最感人的呼喊。

2014年4月，爆炸后一整年，我决定回国发展的前一个月，新的一届马拉松如期举行。

而我，当然、绝对、毫不犹豫地又来到马拉松的终点。

硕大的Citigo标牌依旧巍然耸立在那儿，标志着距离终点的最后一公里。我又一次带着激动、恐慌、欣慰、怀念、感动以及幸福的心情再次前往。

有很多人像我一样，带着复杂的心情，来到了一年前悲剧的发生地，感受着这个城市的温度。

这一回，终点线根本就挤不进去，因为太多人前往，在旁边加油。我费了九牛二虎之力，靠近终点，为选手助威欢呼。

在终点线前，一位戴着假肢的母亲跨过这里，她在自己失去双腿的地方热泪盈眶；一位观看比赛的观众抱住正在执勤的警察，只为对他说一声谢谢；一位中国留学生不顾父母的警告再次前往，悼念在此丧生的同胞校友。

这个美国最古老的城市，有着一百一十八年举办马拉松的经验，却为了今年的这一天，准备了过去一整年。在终点线，你不会觉得有任何恐惧，每个人脸上的表情让你倍感恩赐。

回国前，去礼品店买礼物。我有一个习惯，每去一个地方购买一个当地的冰箱贴。因为看到冰箱上粘贴着来自世界各地的冰箱贴，就会成就感大增。

多年来，在波士顿大大小小的纪念品商店里，出售的纪念衫永远都离不开三个主题：历史——最早的英国清教徒移民创建了波士顿，成为美国历史的开端；体育——凯尔特人和红袜队，是世界篮球和棒球界的领先球队；教育——波士顿有包括哈佛大学和麻省理工大学在内的近六十所美国著名高校。

可是波士顿爆炸案之后，一个新的主题取代了这三个主题，占据了所有纪念品商店的主要位置，钥匙链、T恤上面都会写着："Boston Strong"（波士顿坚强）。

强壮这个词，蕴含了太多故事，蕴含了太多血和泪。

我没有多想，选了"Boston Strong"。

这两个小学英语词汇诠释了我对这个城市的理解、敬畏和爱，诠释这座城超越历史的坚强。

2014年5月，我回到国内，生活从另一维度重新开始。

2016年5月，爆炸已经过去三年，我在北京已经工作了两年。

有一天看新闻，突然看到，经过三年的庭审，美国法院宣布最终判决：波士顿爆炸案犯罪嫌疑人焦哈尔被判处死刑（波士顿很少判死刑）。

突然发现我早就不关心他是否是死刑了。

一场灾难过后，该留下的都留下，该带走的也都会带走。

只是案件本身又把我拉进了一段记忆，一段也许跟现在生活已经平行了的记忆。

此时此刻，我看着北京的霓虹灯，想着身边的朋友，忽然明白，活着本身就是一种再好不过的恩典。

前几天，我们几个波士顿大学传媒学院姐妹聚餐，又谈论到了这件事，各自回忆着爆炸时在哪里待着，在做什么，每个人都有故事甚至笑话可以分享。

于是我突然惊喜地发现，我们都已经可以开始笑谈这件事了。

时间能磨平所有的伤害，但，我们不能遗忘它们。

记住历史，才能面对未来。

这样，真好。

你看，生活终究会向前。庆幸的是，有些记忆永远被人遗忘，它有关一个伤疤，一段温暖骄傲的记忆，有关一些人，有关一座城。

扫码与作者面对面

你差我的那句再见

以前，妈听说爸没了，死活抱着我也要去找到的，妈说，爱的人丢了，心里的窝就空了，找不到人回来，窝就凉飕飕的。

文 / 周宏翔

大卡的爸在他四岁那年出车祸死了，连着三个晚上不眠不休开夜车运货，在抵达目的地后回途的路上开下了悬崖。大卡妈接到这个消息的时候，正在村里晒稻谷，警察找过来告诉大卡妈，这人掉下悬崖，多半是找不到了，节哀顺变。

大卡妈一手抱起大卡，推开警察往村口走，她说她要赶车去找她男人，大家伙儿都去劝她，她说，无缘无故就说我男人死了，这尸首都不见一具，叫我怎么信得过?!

大卡妈还是去了，跟着警察到了停尸房，因为大卡爸就这样压在车下，已经变了模样。大卡妈死活不相信，直到警察拿出大卡爸口袋里的驾驶证，大卡妈才哭天抢地起来。

大卡爸走后，大卡生了一场大病，村里人都说大卡爸回来拖大卡走，大卡妈对着天骂自家男人，粗话连篇骂了一通，当天晚上大卡就退烧了。但是从那天起，大卡脑子烧坏了，说话结巴，神情呆滞，成了个傻瓜。

大家都说大卡妈命苦，男人没了，还拖着傻子，以后日子更是没着落了。

那时候大卡妈抱着大卡赶夜工，裁布片缝衣服，大卡在母亲怀里睡着了，大卡妈就把灯光调暗些，手上全是泡，还是一个劲儿地做。

后来有个男人看上了大卡妈，大卡妈就把大卡拉过来，说，娶了我，我也不能丢了他，没办法给你生娃，你还要吗? 男人瘪瘪嘴，后来再也没有出现过。

大卡自上学那天起，就一直被人欺负，最过分的一次，是班上几个男生把他拉到厕所去脱了他的裤子，大卡就这样光着屁股从厕所里跑出来，女生都纷纷尖叫，男生都趁机看热闹。大卡追得大汗淋漓，回头一望，所有人都从教室探出了头，他嘟嘟嘴，不知道怎么办，烈日照得他头晕目眩，直到班主任跑过来，把他领进了办公室。

大卡妈知道后，冲到学校来，拿着剪布料的剪子，恐吓那群捣蛋鬼说："你们谁再欺负大卡，我就用剪子剪了你们的小鸡鸡。"

大卡四年级的时候，老师让同学回家为父母做件事，写到日记里。

夜里大卡端了一盆水，说要帮妈妈洗脚。

大卡妈说，你做啥，干吗要帮我洗脚？

大卡说，老师讲了今晚回来要为家长做件事，我啥……啥也不会，只有帮妈洗……洗脚。

大卡妈鼻子一酸，扯过大卡来说，妈知道你乖，妈不要你洗脚，你以后也不要去帮别人洗脚。

大卡不依，硬是要脱了老妈袜子，把妈妈的脚往盆子里拽，大卡一边洗一边笑，说，妈，我……我不帮别人洗脚，我……我只帮你洗。

大卡妈看着蹲在自己面前的傻儿子，咬着嘴唇，红了眼眶。老妈一把搂过大卡，大卡差点喘不过气来，撅着屁股不停地拽。

大卡妈说，别拽了，让妈抱会儿，就一会儿。

上了初中，大卡脑子转不过弯，成绩老是给班上拖后腿，老师们无奈，同学都私下议论纷纷，说大卡就应该去上"特殊学校"，明明学不懂，还要瞎折腾。大卡坐在一旁发愣，不说话，成天闷闷不乐。

妈妈注意到大卡不开心，问他为啥愁眉苦脸，大卡拉着脸说，我……我听不懂老师讲……讲的。妈妈看大卡做完作业，说，咱做完作业再看会儿书，不怕看不懂。大卡点点头，乖乖地拿出书，老老实实坐在旁边看，大卡妈就在旁边缝衣服，大卡不睡，她就故意缝慢点，母子俩一起熬啊熬，熬到大卡趴在桌上流哈喇子，老妈才放下手里的活儿，把他扶到床上盖上被子。翻身的时候，大卡嘴里还嘟囔着，王大妈买了三筐梨……

好几次开家长会，老师都婉言劝退，但大卡妈死活不接招，她说，我儿子怎么就不能上学了，他有眼睛有鼻子会蹦会跳会说话，哪里比其他人差?!

但大卡始终还是在最后一名，每次拿着成绩单给妈妈看的时候，大卡妈都摸着他头说，这有啥，你妈我这辈子也没上过学，肚子里没啥东西，一样把你拉扯大，这就是一张破纸，听妈话，开心的人才是这辈子最大的赢家。

后来大卡就喜欢穷开心，老师骂也好，同学骂也好，他统统听不到，每天满面春风笑，走哪儿哪儿都是阳光普照。

同学说，大卡，你脑子跟猪一样蠢！

大卡就笑呵呵说，我……我妈说，猪的……浑身都……都是宝！

后来大家都说大卡没救了，真没救了，大卡才不管，一张幸福脸，笑得稀巴烂。

九年义务教育一结束，大卡就没法乘国家政策之便再念书了，高中上哪儿哪儿都不要。大卡妈拖着大卡到处走，这家不行换下家，几乎所有的学校看了大卡的成绩都摇头。镇上学校不收，大卡妈就带他去市里，走了一圈，最后大卡说，妈，我……我不想念书了，我想……想在家帮你……你忙，你好累，我……我不想你那么累。

大卡妈摸摸大卡的头说，大卡不读书，以后怎么讨媳妇？

大卡低着头，说，我不……不讨媳妇，我只……只
要妈。

大卡妈微微有些哽咽说，傻瓜，妈能陪你一辈子啊？

大卡说，我……我就是傻……

大卡妈微微皱眉，说，不许说自己傻！转而又说，那你
不念书，做啥？

大卡说，做……做衣服。

从那天起大卡就跟着妈妈学做衣服，或许是从小就看着
这些布片长大，大卡做起来，手艺一点不显生疏。

做到十八岁，镇上纺织厂招工人，大卡说想去试试，
老妈点点头，带着他去应聘。工厂看大卡老实，手艺过得
去，就招了他。当天大卡一边开心拍手，一边抱着老妈说，
妈……妈……我可以赚……赚钱了，你……你躺……躺床上
休息去。

夜里大卡妈看着大卡的脸，昔日孩童一夜之间长成了少
年，要不是他小时患了病，如今长得这样俊俏，肯定有不少
姑娘喜欢。大卡妈摇头，说自己还累得过，趁有力气，多做
点多赚点，至少要帮大卡娶媳妇赚个钻戒钱。大卡摇头说，

姑娘看不上……上我，看……看不上。

午夜大卡妈辗转难眠，突然为自己儿子感到可惜，她又在心里从头到尾骂了一遍大卡爸，才缓缓地睡过去。

大卡进了厂，大卡的手艺甚至比好些老工人都好，厂长特别喜欢他。大卡总是做得多，要得少，大家都看他笑话，他却不以为意。他每天起得早，把要切片的布料都用机器画好边，然后低着头专注地看缝纫针，裁好一件衣服他就兀自笑一笑，好像有人赏了他一颗糖一样。

厂长见大卡老实，没女朋友，就介绍姑娘给他，但接连好几个都觉得大卡傻，说话结结巴巴，没头脑，不开心，见两三次面就不联系了。

有天下班，大卡从车间后面的小道走，突然看见一只狼狗在追一个姑娘，大卡奋力跑过去，把狼狗抱住，狼狗一下咬了大卡一口，左手流了很多血，最后进了医院，姑娘帮他掏钱，他摇头说不要，转身就要走。姑娘说，你傻啊！大卡说，对……对，我……我脑袋不好。姑娘哧哧笑起来，说，你还真是可爱。大卡急着说，我……我没骗你，我就……就是傻！

姑娘叫时芬，觉得大卡憨厚老实，便经常去大卡车间找他。班组几个年轻人都说时芬看上大卡了，傻人有傻福，大卡的桃花运来了。大卡摸摸头，觉得不可思议，下班去问时芬，你……你是不是看上我了？时芬脸一红，推了大卡一把，说，滚，真不要脸！大卡闷闷不乐，转身要走，时芬又叫住他，你去哪儿啊？大卡说，你……你叫我滚，我，我就滚了。时芬哈哈大笑起来，大卡不解，时芬哭笑不得，说，你真是傻瓜，真傻！

空闲了时芬和大卡聊天，大卡就把从小到大的事都跟时芬讲一遍，时芬听得心里难受，更加心疼大卡。时芬说，大卡，你一定能遇到对你好的人。大卡咧着嘴笑，说，我……我早遇到了，那就是我妈。时芬摇头说，你会遇到一个对你更好的人。

那时候时芬去食堂总是多打一份鸡腿多打一份肉，然后带去找大卡，匀到他碗里。大卡说要是吃不了就不要打了，浪费钱。时芬说，我就喜欢浪费钱。大卡不解，时芬就笑。

大卡的衣服破了，时芬说去买件新的，大卡摇头，把时芬带到车间，趁没人的时候，裁了片和衣服颜色一样的布，然后坐上缝纫机，哗哗踩起来，大卡手很巧，看起来天衣无缝，一点儿不像上了补丁。时芬说，你真是神了！大卡就摸着头，咧着嘴笑开了。

时芬问大卡为啥总是笑，大卡说，我……我妈说，爱笑的……的人捡得……捡得到金元宝。

时芬说，那你捡到了吗？

大卡摇摇头。

时芬伸手去牵住大卡的手，然后对大卡说，捡到了，捡到了。

大卡歪着头，说，哪，哪里有？

时芬不理他，笑着牵起大卡的手大摇大摆往前走。

那段时间，时芬总是晚饭后约大卡一起在湖边散步，时芬时不时喜欢拖着大卡的手来看，问他疼不疼，被狼狗咬伤的手臂，那道疤看起来真是触目惊心。大卡说，不……不碍事，打……打了针，不会得病。

时芬看着大卡的脸，夕阳西下，她趁着余晖，吻了大卡一下，大卡只觉一个激灵，脸烫烫的，心跳加速，好像做了什么坏事一样。时芬说，大卡，快说你喜欢我！大卡往后跳了一步，瞪大眼睛说，你……你……你喜欢我。

时芬捧腹大笑，在湖畔一个不留神踩空了，大卡奔过去，没拉住，两个人一起跌进了湖里。

两个人湿淋淋地坐在湖边的木头椅子上。

时芬说，都怪你！

大卡委屈着说，都……都怪我。

时芬说，那你还不补偿我？

大卡瘪着嘴说，我……我没钱补……补偿。

时芬捏着大卡的手，说……不用钱赔……用你就行。

大卡不敢相信真的有姑娘喜欢他，他坐在床边纳闷，从小到大，几乎每个人都嫌弃他，只有老妈从来不离开自己。

那天他请了一天假，回家把事情告诉了老妈，老妈笑他傻，摸着他的头说，傻瓜，每个人都有长大的一天，都会遇到心爱的人，爱你的人不是只有老妈一个，真正的爱，就是看能不能够给对方的心一个舒适的窝。

大卡说，我，我不会建房子，造……造不了窝，我只会做……做衣服。

老妈说，那你就给时芬做一套衣服，送给她，问她喜不喜欢。

大卡点点头，连夜开始做衣服，他见过老妈有一件旗袍，是她年轻时结婚的嫁妆，大卡也想做一件旗袍，送给时芬做嫁妆。一下班他就躲进样衣间，在旧机器上踩啊踩，缝啊缝，心想着时芬穿着肯定好看。

时芬来找大卡找不到，也不清楚大卡去了什么地方，心想是不是说错了什么话惹到他了，还是自己太主动吓到了他？那天夕阳下的表白是不是没能让大卡知道自己的心意？

晚上，时芬心绪很乱，她在车间检查卸货，大卡拿着旗袍突然奔了过来，他远远地叫时芬的名字，一个不留神，重箱从顶上落下来，恰好砸到时芬头上。时芬额头流了很多血，大卡吓蒙了，不知怎么办，他大叫了几声，也没有人来，后来看门的老大爷路过，才提醒大卡，赶紧送医院啊！大卡在时芬床前守了三天三夜，时芬也没有醒过来，大卡咧着嘴对时芬说，时……时芬，这是我……我送你的衣……衣服，你……你快醒过来看……看看。

大卡熬到第四个晚上，护士都劝他回去休息休息，大卡摇头，终于在第五个晚上，大卡撑不住，倒下了。那一夜大卡做了个梦，梦里，时芬站在不远的地方，背着身子，大卡叫她，她没有理会，大卡便去追她，她却越来越远。

大卡突然惊醒过来，跑到时芬的病房，时芬的床已经空荡荡了，大卡脸色变得很难看，摇着护士的胳膊问，她……

她……她去哪儿了？

护士摇摇头，说她刚接班，不知道。大卡一屁股坐在地上，眼泪哗哗流，护士把护士长叫过来，护士长说时芬的家人来过了，哭着把她带回老家去了，这姑娘也可怜，听说是家里的独女，也不知道啥时候能醒过来。说着，护士长从柜子里拿出大卡亲手缝的那件旗袍，说，他们人走了，但这个没带走。

大卡望着那件旗袍，接过来轻轻地摩挲了两下，眼泪鼻涕混在一块，时芬就这样不辞而别，连一句"再见"也没有和他说，而那件辛苦缝制的旗袍，靓丽得好像一个笑话。

那段时间大卡下班之后就坐在以前和时芬约会的湖边发呆，时常会想起和时芬一起散步的日子，想起时芬说自己是个傻瓜，想起时芬多打的鸡腿和多打的一份肉，想起自己补衣服，想起那些开心的零零碎碎，反倒显得惨惨戚戚。

没多久，大卡辞了工，回了家，大卡妈以为大卡一蹶不振，想好好骂骂他，结果大卡说，妈……妈……我不做工了，我想……想自己做……做衣服。大卡妈还没懂大卡的意思，结果第二天大卡背着针线剪子就走了。大卡写了个纸条，说，妈不要担心我。大卡妈双眼通红，只骂他傻，真的傻。

大卡妈也私下去询问过时芬老家的情况，想背着大卡去找找看，但是工厂的人也不知道时芬到底从哪里来，又回了哪里去，有人说时芬就是背着家里人出来的，当初就是为了逃婚。家人好不容易找到了，怕是不会让她再出来了。

那些年，大卡一边坐长途汽车去不同的城市，一边在不同的城市摆摊卖自己做的衣服。白天他就在破烂的寄宿房里忙碌，夜里，就到商场附近摆地摊，有时候也会被城管追，被人欺负，但大卡还是继续边做边卖。一天一个姑娘问，你为啥只做旗袍呀？大卡笑着说，我……做好……在等我家姑娘来买。

大卡回过两次家，大卡妈绞心地说，傻孩子，你这样折腾是为啥啊？

大卡说，以……以前，妈听说爸没了，死活抱……抱着我也要去找到的，妈说，爱……爱的人丢了，心……心里的窝就空了，找……找不到人回来，窝……就凉飕飕的。

大卡妈含着泪，摸着大卡的头说，说你傻，你还记得这么多，说你不傻，你却是真的傻……

大卡总是悄悄回来，看看妈，第二天又悄悄离开，开始几次老妈强留他，他就坐在房里不吃不喝不说话。后来老妈赖不过他，说陪他一起找，大卡摇头，硬要自己去，邻居说，大卡也大了，随他去吧。

就这样反反复复，过了好些年。

后来，有人说大卡发了财，有人说大卡被明星看中做了御用的服装设计师，也有人说大卡继续游荡继续等着他口中的姑娘来买衣服，那个只会做旗袍的男人，越来越厉害，做的衣服越来越精致。

可大卡最后到底有没有等到他的姑娘，谁也不知道了。但大卡把追寻的路途都变成了一件件漂亮的旗袍，那些随风飘荡的衣服，像彩旗一样，近似一种凯旋的荣耀。有很多人都见过大卡，也有很多人都听说过大卡的故事，但是同样有很多人，其实跟大卡一样，在爱的路上痴痴等待，久而未果。

很多时候，我们多希望所爱的人转身即触，地老天荒，不料某天便匆匆离开，来不及一声道别，时过境迁，是否能有一次擦肩而过的重逢却变得不再重要，反倒是那句对方未曾说出口的"再见"，渐渐成为了自己人生路上最坚实的盔甲，以及追寻途中寻觅不止的信仰。

江湖"萌友"们，我们的故事就听到这儿，
往后的故事是你自己的，也可以是别人的。愿我们后会有期。

这里可以是留言版，可以加上弹幕，
还可以变身漂流瓶传递某些信息。
留下来，给若干年后自己一个青春的回忆；
飘出去，给世界上另一个人一份惊喜。

我们能自由、轻狂、愤怒、喜悦、热爱、燃烧、讥讽、
调侃、痴迷、一往无前。

要无忧无虑地去抒情，去欢畅狂欢。

去向世界发出我们的声音。

我们都是自在如风的少年啊。（可爱脸）

青春啊，这就是我们整个的世界

我突然觉得自己真的不甘心——不尝试就轻易放弃一个很喜欢的人，放弃一段很美好的感情，放弃一个有可能的未来。

有很多人，其实跟大卡一样，在爱的路上痴痴等待，久而未果

恰恰是实现梦想的可能性，才使生活变得有趣

再悲观的人都不得不相信，这个世界上，还是有运气的。

不管未来怎么样，今后的日子总会继续

能决定的，只有自己。

相聚有时，江湖有期

要无忧无虑地去抒情，去歌舞狂欢。去向世界发出我们的声音。

回不去的流年

献 给 青 春 的 一 封 信

回不去的流年

by —— 李尚龙

1

阿瓜第一次遇到小刚，是在大四学长的毕业演出现场。那年，他们都大二。那一天，礼堂里面掌声雷动，当"储藏室乐队"出来时，所有人都呐喊着、欢呼着，听他唱那些怀旧的歌曲，有人尖叫，有人流泪。每年毕业，储藏室乐队的歌声都会作为压轴曲目，唱给所有的毕业生。据说歌声响起时，许多人会泣不成声，因为他们明白，这首歌唱完，他们也就毕业了。

阿瓜就在那里认识的小刚，阿瓜在台下仰望着灯光与那个乐队。他想，我要是也能在台上弹吉他唱歌就好了，如果也有很多人为我欢呼，那将是一件多么爽的事情。他正在做着白日梦，演出结束了，在所有毕业生的欢呼下，储藏室乐队谢幕，四个人，互相拥抱。那是G大的传统，以一首歌，结束大学四年的青春。乐队的四个人，三个马上毕业，一个刚刚大二，大二的那个，叫小刚。

储藏室乐队从建校开始一直在，一年年地，歌曲变了，成员变了，唯一没变的，是他们训练的场地，那是学校仓库改造的储藏室，三十多平方米，只有一扇窗户，训练时，窗户紧闭，墙上是破旧的草席，用于隔音。三十平方米内，散放着架子鼓、吉他和键盘，两个音响，都已经坏掉，音响旁边散落着吃过和没吃过的泡面与零食，墙上贴着五月天和甲壳虫乐队的海报，那是每个乐队的光，照亮着他们前行。就在这个储藏室里，许多原创音乐被写了出来，许多旋律被传递到很远，他们是这个学校最特立独行的一群人，唱着歌，看着远方，可惜，每个乐队都躲不过在毕业时分道扬镳。这好像是一个魔咒，每一个乐队，都无法在毕业后继续生存，就像小刚他们那个乐队，毕业当天，就彼此说了再见。

主唱下台后，把一个手机壳交给小刚，手机壳上，画着一个小小的盒子，盒子上写着几个字：储藏室乐队。主唱跟小刚说的最后一句话简单有力：再见了，今后靠你了，记得给每位队员发一个手机壳，毕竟你们共同努力过。小刚点点头，忽然泪水已经流满了脸颊，抽泣着说：王哥，放心吧，以后会有更多的人知道储藏室乐队的。

小刚晃晃悠悠，忽然间撞上了上台清理场地的阿瓜，满满的一桶水半桶泼到了小刚身上。阿瓜慌忙道歉："我错了，学长。"

小刚笑笑，说："学……学长什么，我才大二。"

阿瓜说："你大几我把水洒在你身上也不对啊。"

小刚说：没事，哥们，算了算了，刚好想被雨淋呢，你反而让我清醒许多。

阿瓜不停地道歉，说过意不去，不能原谅自己，非要留他的联系方式，说以后道歉用，小刚等着和乐队其他人聚餐，拗不过，只好留下了电话，他没想到的是，这个叫阿瓜的人，将会成为他的好哥们，他们会一起做乐队，会一起发生好多故事。他更不知道的是，这桶水是阿瓜故意泼的。

2

储藏室乐队的传统就是这样，每年毕业都会把一个手机壳传到下一届的队长手上，因为接下来队长要重新组织新的成员，总要有点信物。可惜的是，做音乐的人往往没什么收入，对这些穷学生来说，手机壳算是常用品中的奢侈品，于是，就把图标印在那里了。对阿瓜来说，一个学校这么大，谁知道小刚要怎么找吉他手，谁知道还会不会有其他的吉他手毛遂自荐，谁知道他们的吉他功底怎么样。可是，如果直接问小刚要电话太唐突，不留电话又怕丧失机会，阿瓜思前想后，端起一桶水，就疯狂地冲了过去。

这一碰，他们成了好朋友，后来，阿瓜找了小刚几次，名义是请他吃饭赔罪，其实是跟他炫耀自己从小学过吉他，而小刚只是傻笑，说，你好厉害，而没什么表示。一开始阿瓜以为小刚在讽刺他，后来才发现这哥们是真傻，反应慢，而且没责任感，就知道笑。有一天他实在忍不住，就问小刚：你到底准备什么时候组织乐队啊？

这一问不要紧，小刚忽然一拍大腿，说，哎呀，过这么久了，乐队还没组织起来，怎么办啊？好在学长们都走了。

阿瓜听到这里，"汗"到不行，问：那你现在招到几个人了？

小刚说：哎，就我一个键盘手啊。

阿瓜说：你别那么不乐观嘛，你想想，不止一个键盘，你还有……

小刚：哦哦，我还有一个手机壳。

差点把阿瓜气死，阿瓜说：你想啊，你还有我，我们两个组合，再加一个吉他和鼓手，再来个主唱，你看，这不就全了吗？这搞不好，还能弄个五月天呢！

阿瓜以为自己画个大饼就能把这个傻了吧唧的小刚给解决了，没想到的是，这家伙对其他东西特别木，对音乐却无比执着，他说：我还没听过你弹的歌曲呢，你要先弹首歌给我听听。

阿瓜瞪了他一眼，拿起吉他，调弦，轻声地哼唱：当一阵风吹过，风筝飞上天空……他弹得很投入，小刚仔细听着，频频点着头，直到歌曲结束，阿瓜笑着跟小刚说：还行吧？

小刚：还不错，给赞。

就这样，这个乐队在他们两个大二下学期快结束时，有了两个人。他们开始贴海报招募，可惜的是，一直没有合适的队员。于是，他们两个架起了琴和吉他，虽然人少，但储藏室里终于有了音乐的声音，虽然成员不全，但旋律终于在那扇窗户没有关上时能飘到校园外了。

暑假，这两个人都没回家，他们排练了几首歌，想在学校有大型节目时唱给所有人听。忽然有一天，储藏室门口响起了敲门声，奇怪，假期还有人来呢。

小刚打开门，一个姑娘，映入眼帘，衣服花花绿绿，淡妆下浓眉大眼，瘦高的身材下，一嘴流利的儿化音：是你们招人吗？我面试主唱。

3

萧潇身高一米七，典型的北方女孩，讲话大大咧咧，声音好听，适合唱歌，小的时候父母离异，她跟着妈妈在北京颠沛流离。妈妈这辈子没什么追求，萧潇成了她的全部。妈妈的口头禅和大多数家长一样：你是妈妈的全部。可是，萧潇并不想让自己变成妈妈的全部，她想有自己的生活，于是在高三最后一年发愤图强，好不容易考到外地，以为解放了。没想到妈妈在北京又找了一个男的，非要她假期回家叫爸爸，她心情烦躁，于是谎称假期有实习，打死不回家。

放假后，宿舍里只有她一个人，她成天听着歌，要么流泪，要么傻笑。几天后，负能量缠身，她觉得自己不能再这样下去了，再这么下去人就要废掉了，于是她决定下楼转转。忽然看到了一张破旧不堪的海报贴在广告栏的角落，上面写着乐队的地址，左下角乐队负责人的姓名，被一张考研的培训海报紧紧地覆盖着。萧潇想，亏我有一个好嗓子，刚好没事，去唱吧。

萧潇加入储藏室乐队的原因根本就不是因为她的无可替代歌喉，是因为第一没有人愿意来，第二没有女生愿意来，第三没有美女愿意来。小刚第一眼看到萧潇，眼珠子都快掉下来了，慌忙制定了一个规矩，说在我们这里每周要训练三天，每天必须训练十二个小时。他想十二个小时是有道理的，因为十二个小时能包含至少两顿饭，要么能在早上和她一起来，要么能在晚上送她回家。当他把这个规则说出来时，萧潇征求意见似的看着阿瓜，问：队长，这个规则是你定的？

阿瓜被问得奇怪，我怎么成队长了？也难怪，海报上的名字被盖住，阿瓜又长得沉稳，小刚一副故作正经却成天笑嘻嘻的样子。小刚看着阿瓜，本想说点什么，可又怕争队长跌份儿，让萧潇看到挺不好意思的，毕竟，此时他眼中只有这个姑娘了，说不得又无法解释，干脆默认了。阿瓜一看小刚默认了，腰挺得更直了，他说：对啊，一天十二个小时，是我们的规定，但是不用时时刻刻都训练，大家可以聊聊天，听听音乐什么的。

小刚一听拼命点头，说：队长说得对，就是这个意思。

萧潇说：行吧，听你们的，没问题。

就这样，阿瓜成了队长，小刚以为放弃队长的位置，就能一心一意地看着萧潇，可是就像阿瓜曾经跟小刚说过的一样：懦夫是没有爱情的，只能当备胎。

虽然小刚每天在训练的时候偷偷买水买泡面给萧潇，可萧潇却闷闷不乐，对他不感冒，准确地说，她脑子里只想忘掉老妈给她下的套，而音乐能让她忘掉短暂的不愉快。小刚默默对她好，看着萧潇照单全收，阿瓜又一副对姑娘没兴趣的样子，加上这里又没有其他人，他想，萧潇喜欢上他，不过是时间问题，努力加油。万万没想到，所有的算盘，在一天早上，全部泡汤。

王旭来的那天早上，他们三个刚刚吃完早饭准备训练，打开门，一个长发飘飘，嘻哈装束，一脸颓废，耳朵上夹着一支烟的青年站在门口，他肩膀上扛着一把电吉他，没笑容，就这么直勾勾地看着开门的小刚。

小刚：您找哪位？

王旭：我来面试。

小刚：我们不缺吉他手了。

王旭：你们不就一个吉他手吗？我这是电吉他。

小刚：那……我们没有音响……

话音未落，王旭已经进来了，和他四目相对的是萧潇。两个人都愣了一会儿，小刚从王旭后面戳了他一下，说，你弹一首歌让我们听听。

王旭把电吉他放下，看着阿瓜，说：借一下你的吉他好吗？

阿瓜递过去吉他，他简单地调了调音，琴响处，三个人的注意力迅速被吸引了过去。一首歌过后，阿瓜起身鼓掌，然后是萧潇起身，接着小刚也被震撼了。阿瓜走过，接过吉他，说：你好，我叫阿瓜，乐队队长，欢迎你加入。

王旭笑了笑，伸出手，说：我叫王旭，很高兴加入你们。

小刚立刻走过来，说：我叫小刚，这是我……朋友，萧潇。

王旭没理小刚，转头跟萧潇打招呼。

萧潇笑了一下，小刚尴尬地收起了手。

后来他们知道，这家伙从大学开始苦练吉他，虽然能弹出很好的歌曲，不过不会写谱，但天赋惊人，至于为什么这么好的天赋，却来到这所学校学了会计，谁也不知道。大家只知道他家的经济条件不错，因为储藏室的音响和麦克风都是他花钱买的，他说不想让萧潇干喊嗓子疼，而小刚说：这家伙就是为了自己的电吉他能发挥作用。

就这样，储藏室乐队成立了，他们从老狼的歌排练到五月天的歌，一天天地，他们的合作越来越默契，两个吉他，一个键盘，一个主唱，没有鼓手，招不到，小刚也不想让人进来了，于是，用鼓音代替，这么一练，就是一年。

后来，王旭提建议，他们可以去校外的酒吧里接活，一个晚上多的能有五百多，少的也能有三百块。既能赚钱，又能训练他们的实战能力，何乐不为？

小刚说：在此之前，他们的前辈都只是在学校里唱唱歌，泡泡学妹，还真没有人进酒吧唱歌。

王旭说他有资源，他一个朋友的爸爸就是开酒吧的，可以让他们先去试试。

于是，一个周五，他们所有人都过去了，第一场，他们满怀期待，却一塌糊涂，许多年后，萧潇跟阿瓜说：**这就是青春，你满怀期待地做梦，遍体鳞伤地成长。**

4

日子一天天地过，除了学习，就是训练，很快，他们就大四了，快毕业了。小刚依旧每次训练的时候给萧潇送吃的喝的，这个习惯，坚持了一年。这一年，他们磨合得越来越好，歌曲越来越好听，他们的关系也越来越好。

他们穿着一样的队服，每个人的手机壳都画着储藏室的标记。

王旭动不动就让小刚给他写谱子，小刚只要不给他写，他就拳打脚踢，把小刚打得到处跑，小刚时常很无辜地看着他：你凭什么让我写啊？

王旭说：因为这是规矩。

小刚：什么规矩啊？

王旭继续追着小刚，比画着拳脚：这就是规矩！

萧潇在一旁笑，而阿瓜坐在一边的地上，画着一些音符。那是他写的第一首歌，像他第一个孩子，一点点地改着，只想让它变得更好。

萧潇走过去，看着阿瓜纸上的字：《回不去的流年》？你写的？

阿瓜赶紧捂着：瞎写，还没定下来呢。

萧潇：还不好意思呢？

阿瓜：写完前都是待出嫁的新娘，不能掀起盖头。

萧潇：我还掀你头盖呢！准备什么时候唱啊？

阿瓜：毕业典礼那天吧。

萧潇点燃一根烟，问：阿瓜，你说，咱们毕业后还会一起唱歌吗？

阿瓜：那是必须的啊，台湾有五月天，咱们到时候成为大陆四月花，这名字怎么样？

萧潇：听起来怎么这么像酒店的名字？

阿瓜：我觉得吧，只要咱们不离开这座城市，这个乐队就不会解散。你看我们学长学姐，他们还在唱，虽然不在一起，但旋律响起时，还是会想起彼此。

萧潇说：嗯……是你说的啊，不会解散啊！我当真了。

阿瓜：我是队长，我说什么那还不是必须的？

萧潇忽然笑了一下，这是她今天第一次笑，她继续说：阿瓜，父母能决定自己的生活吗？

阿瓜愣了半天，没说话。

萧潇：算了，不跟你说了，你也不懂。

阿瓜：我没爸妈啊，我不懂？

萧潇：来吧，唱歌，晚上要表演呢。

阿瓜想问什么，最终没有问，因为头一天晚上，王旭喝多了，跟他讲了一样的话：

王旭：阿瓜，你说父母能决定自己的生活吗？

阿瓜：父母？凭什么啊？

王旭：追求自己想要的生活，难道……是不孝顺吗？

阿瓜：唉，哥们，我跟你说，曾经我看过一个资料，美国的很多孩子认为，父母啊，没有经过孩子的同意就把孩子生下来了，这本来就是侵犯人权啊，既然如此，咱们已经不欠他们了。哈哈哈。

王旭：你别瞎说，这什么逻辑？

阿瓜：开玩笑嘛，怎么这么愁啊？

王旭：阿瓜，我爸不让我读书，让我回家接他那个网吧。

阿瓜：啥？

王旭：我爸当年一个人下海经商，没钱没熟人，在温州活生生杀出一条血路，赚了钱回到家，开了一家网吧。因为是当地第一家网吧，于是赚了不少钱。他没读过书，所以坚定地认为读书没用，加上已经开了很多分店赚钱，他想让我接管他的企业，哎……我妈妈原来在的时候，坚持让我读完了高中，高三前，妈妈去世了。我想一定考个高分报答她，没想到，我爸爸竟然在最后几天把我锁着不让我去考试。

阿瓜：还有这种家长啊。

王旭：你听过父亲跟儿子讲"儿子，不要学习，来打游戏"的吗？

阿瓜：真没有。

王旭：做生意、赚钱，这些想法在他的脑海里根深蒂固，以至于读书对他来说，像大多数人看游戏一样。我拼了命砸了窗户逃了出门才参加了高考，发挥可想而知，不过好在我底子不错，最后考到了这所学校。

阿瓜：你这经历，能写小说了。

王旭：后来他还是同意我读书了，但必须学会计专业，这样可以回来先管理他网吧的财务。这两天，他不知道是哪根筋搞错了，把他的财务炒鱿鱼了，非让我回家接管他那摊破事，我和他吵了三天了，心累。

阿瓜：那你有想过什么是自己想要的生活吗？

王旭：现在的。

阿瓜：我说你以后啊。

王旭：我说的就是以后啊，现在的生活，就是我以后想要的，有音乐，有你们，还有……

阿瓜：还有谁。

王旭：没谁了。

他脸一直红着，像是在想着谁，这个人好像很远，又很近。**许久以后，他们才知道，未来不一定更美好，但青春太短暂，回不去的除了青春，还有流年。**

5

两年里，储藏室乐队走过了许多地方，那个小城的许多酒吧，许多夜店，都有了他们的足迹。阿瓜说：无论赚多少钱，只要我们四个人在一起，其他的都不重要。

大四那年，身边几乎每位同学都在忙自己的事情，找实习、考研究生，而他们四个，每天混在储藏室，一遍遍排练，因为，他们写了一首新歌：《回不去的流年》。这首歌，要在毕业大戏上唱给所有人听，那是他们的青春，是每个人的回忆。

一天晚上，几个人从酒吧里出来，天已经黑透了。**四个人，走在只有路灯的街上，路灯的光不亮，前方看不清，像极了他们的未来。**

小刚拿着酒瓶，眼睛笑得眯成一条缝：今天演出不错，不过阿瓜，你今天好像又弹错了，你看萧潇多尴尬，好在她乐感好，哼着哼着，给观众糊弄过去了。

阿瓜也喝得微醺，一副自夸的表情：我哪里弹错了，我这是故意升调提升代入感好不好。你懂什么叫变调吗？

小刚不服气，甩了下酒瓶：萧潇，你觉得他弹对了吗？没有，对吧，根本不行……

王旭跟在后面，一直没有说话，忽然一个声音从他们三个人后面传来：萧潇，我喜欢你，做我女朋友吧。

三个人忽然震惊了，这个声音，虽然熟悉，内容却无比陌生，他们转头，看着王旭一只手插着口袋，一只手拿着酒瓶。眼睛，就一直盯着萧潇。

阿瓜笑着，似乎早就看出来，而小刚吃惊地睁大眼睛，不相信自己的耳朵，他的口袋里，还放着明天萧潇的早餐。

王旭看着萧潇：萧潇，你不会不知道我喜欢你吧，乐队成立两年了，过几个月我们就毕业了。你知不知道，因为你我才爱音乐，因为爱音乐我才更加爱你，毕业后我不想失去你，我怕来不及表白了，所以，当我女朋友好吗？

萧潇呆站在原地，半晌才说：王旭……你，你疯了吗？

王旭：我疯了，我确实疯了，我爱你爱疯了，我早就应该表白，我胆小，我担心失去你，但我不想隐瞒了，我累了。

王旭停顿片刻，眼睛直直地看着萧潇，这眼神，霸道而不容置疑：萧潇，我们会唱一辈子歌吗？

萧潇脸红了，夺过王旭手中的酒瓶：你喝多了吧。阿瓜，小刚，你们倒是说话啊！说话啊！

小刚刚准备说话，王旭握紧拳头大喊：你们两个怎么这么没眼色，没看到我表白吗？快滚啊！

阿瓜、小刚忽然酒醒了，异口同声：好，马上滚。

阿瓜拖着小刚，两个人跑得很快，很快在夜色下瞬间消失。萧潇不知道说什么，只能呆呆地看着王旭，此时，脸已经红得一塌糊涂了。

王旭走了过去，萧潇低着头红着脸，不敢抬头，那是一个剽悍姑娘最后的底线。王旭一把抓住她的手：萧潇，答应我好吗？我们会唱一辈子歌，我会为你奋斗，我会抱着你唱歌，我要让你成为世界上最幸福的女人。

萧潇挣脱了两次，发现挣脱不掉，终于，她抬起头，弱弱地说：我们……会唱一辈子歌吗？

王旭一把抱住萧潇：会，会从我们一无所有唱到丰收幸福，会唱到海枯石烂，会唱到我们老去。

萧潇红着脸，靠着王旭的肩膀，点点头。

那天天很黑，路灯的光非常弱，秋风刮了过来，虽然有点冷，可王旭用劲抱着萧潇。

另一边，小刚痛哭着，像是受尽了委屈的孩子，哇哇地叫：她不会答应他了吧，这是我的女神啊，怎么能答应他呢？我是不是晚了啊？阿瓜，他们要是在一起，我以后怎么办？我早点表白就好了！

阿瓜摸着头，开着玩笑，说：我没有弄明白，你是喜欢萧潇还是喜欢王旭？

小刚看他一眼，哭得更凶了。

阿瓜其实早就看出来了，可是，感情这种事情，谁也不知道该说什么。于是，他拍着小刚的肩膀。而小刚一直哭，哭了很久才停止，深深地吸了一口气，然后说：阿瓜，你说，我们毕业后，都会去哪里啊？我们还会经常在一起唱歌吗？还会在一起吗？

阿瓜说：我觉得会，我们会唱一辈子歌，一起，唱一辈子的歌，毕竟，说得肉麻，但这是我们四个人的梦想。

小刚点点头，说，要是唱一辈子都不出名，一辈子都没钱怎么办？

阿瓜站起来，说：那就唱给自己听，唱给自己爱的人听。

小刚愣了一下，想到了什么，然后忽然又哭了：哇，可是我爱的人已经被别人抢走了，我还唱什么歌啊！

阿瓜捂着脑袋，说：哎呀，大哥，别哭了，肯定还会有更好的，天涯何处无芳草，何必单恋一只鸟。

小刚：你才是鸟呢……

阿瓜：好了，只要我们四个不散，就能有更好的作品，青春在音乐里，就能有意义，对吗？

小刚：嗯，对。快毕业了，我爸爸让我回家考公务员，那是他的生活，可是我想弹琴。他说弹琴不能当饭吃。我不这么觉得，我觉得我又不是猪，为什么总要考虑吃饭？

阿瓜：哈哈哈哈，那，让我们把音乐进行到底吧。

那是小刚第一次给阿瓜力量，让他明白，自己的坚持是对的，谁也不知道的是，阿瓜的父母也在给阿瓜压力，毕业前一年，谁的父母不给自己的子女压力呢？

阿瓜：对了，马上要毕业演出了，《回不去的流年》，我改了一个新的版本，你要听吗？

小刚：好啊，可是，以后会不会只有我们两个人了？

阿瓜沉默了一下，说：应该……不会吧。

小刚：如果他们敢退出，我就去他们家，捏着拳头，跪着把他们一个个都请回来，哈哈哈哈。

那个笑声，穿破黑夜，其实从那时起，小刚就放下了，爱情可以没有，但梦想不能丢。他们虽然一直在笑，却彼此都不清楚未来在哪儿，他们是否会分别，谁也不清楚。

他们唯一清楚的，是这段音乐，将会出现在他们梦寐以求的毕业典礼上，其他的，或许重要，或许他们也能装作不那么重要了。

6

往后的日子，乐队有点变味了，训练虽然依旧，但小刚再也不给萧潇送水送吃的了，萧潇会跟王旭相互喂饭吃，小刚远远地看着，心里发凉。阿瓜怕小刚心情不好，也给小刚喂饭，小刚嫌弃地走开，心想：妈的智障。许多乐队都因为队员恋爱，弄得分道扬镳，幸运的是，他们不仅没有弄砸关系，反而变得更好。王旭和萧潇的配合越来越默契不说，小刚和阿瓜也越来越能和他们紧密的声音无缝合作起来，那首《回不去的流年》，他们就一直排练着，一遍一遍，排练到了毕业前。

那是毕业前最后一个月，就过了一个晚上，谁也不知道发生了什么，本来合作无间的四人，忽然怎么也配合不到一起去了。

萧潇的歌词一直唱不对，不是把第一段唱到第二段，就是把第二段唱到第三段，王旭的电吉他一直找不到点，阿瓜努力配合却越配合越乱，只有小刚一直按照原来的节奏和步调弹，反而被他们三个数落，就这样，练了一晚上，没有完整弹完一遍，几个人火药味忽然渐浓，但，谁也不知道发生了什么。

阿瓜感觉有些奇怪，小刚也一头雾水，总觉得是自己弹错，于是，小刚不停地道歉，阿瓜就一直安慰着大家，而萧潇和王旭彼此没有一句话，不停地犯着错。

阿瓜拍拍手：都放松啊，虽然是毕业大戏，但大家都放松，别紧张，多大的世面咱们没见过啊。

萧潇脸涨得通红，像是被什么压着，迟迟喘不过气来，她无法再控制自己的情绪，忽然转身，对着王旭喊：你能不能弹，不能弹你说话，别耽误大家的事，打冷战算什么啊？

王旭没有看萧潇，放下电吉他，点烟。

萧潇一把打下来：你抽什么抽，电话也不接，你有意见你就直接说，别他妈藏着掖着，谁欠你丫的了。

王旭忽然站起来：我他妈不能弹了，也不愿意谈了，行了吧？你满意了吗？

阿瓜站起来：你们，弹还是谈，哪个谈啊？

王旭打断他说，都他妈不谈了！

萧潇眼泪唰地流了下来：好，你牛，是谁说要唱一辈子的？是谁说要跟我在一起一辈子的？就因为你爸给你打电话，你的未来就这么好被决定吗？你还是个孩子呢，天天吃你爸奶啊？

王旭：不准说我爸。

萧潇：说你爸怎么了，那老头正常吗？

王旭：不准说他。

萧潇：我说了……

啪！一巴掌王旭打到了萧潇脸上。萧潇愣住了，所有人愣住了，萧潇打死都不敢相信，王旭敢动手打她，在此之前，除了她的父亲，从来没有人打过她。那一巴掌，那么仓促，那么无助。空气似乎凝固了，忽然间，什么也没了。

不远处，小刚放下键盘，冲了过去，和王旭厮打起来，很快，他被王旭压在了身下，王旭下手拳拳用力，像是在发泄什么，也像是完全失控。阿瓜冲去劝架，三个人扭打在一起，混乱中，王旭的吉他被踩坏，而萧潇一直在边上哭，哭完转身离开。

总的来说，这一巴掌，打掉了他们的友谊，打散了他们的爱情，打垮了他们的乐队，最重要的是，打完了他们的青春。

王旭接着离开，临走前，小刚喊了他一句：你的吉他不要了？

王旭头也没回，因为，那把吉他以及那些音乐和他的爱情，全部随着他们的毕业，消失了。

那年毕业演出，没有储藏室乐队，这成了阿瓜永远的伤，后来他自嘲说这就是青春，有残缺才是美好，但谁都看得出来，他不过是强忍着泪，没有发泄而已。毕业后，小刚回到家，考了公务员；阿瓜留在当地继续做音乐；萧潇回到北京，找了份工作；而王旭接管了他父亲的网吧。

他们从此分道扬镳，五年里，四个人过着自己的生活，从此，再也没有了联系。

江湖，未有期。

7

那天到底发生了什么？

这个问题，困扰了阿瓜五年。五年里，每次拿起吉他，他都会问自己这个问题。可是，随着时间的流逝，他虽然还在好奇为什么会这样，却越来越少追问原因。这些年，他靠在不同的夜场卖唱为生，有时候跟别人拼乐队，有时候自己一个人去唱歌，换了几个女朋友，搬了许多次家，颠沛流离，居无定所。幸运的是，四个人里，只有他还执着地做着音乐。他有这三个人的微信，却没有一个还在联系，偶尔过年，他收到小刚的群发短信，他也群发给他。至于萧潇，她早就把他们都拉黑了。

谁也不知道，那天发生了什么，看到的都是表象，发生的都是谜。

阿瓜明白，这就是青春，回不去的，不再见的，都是青春。

直到有一天，阿瓜在录音机里，听到了当年风靡一时的"中国好金曲"的选秀通知，选手们如火如荼地报着名，这次比赛，要求是原创歌曲和草根。刹那，燃起了他内心深处的梦想。

他翻箱倒柜，找出了尘封已久的原创歌曲《回不去的流年》，打掉铺在上面的灰尘，看到旋律，愣住了，心情忽然久久不能平静：五年了，你们还好吗？想到这里，瞬间眼泪吧嗒吧嗒地掉在了乐谱上。

他们在哪儿？还会回来吗？应该不会了吧。

那，找别人一起来唱吧。

阿瓜翻开朋友圈，一个个地找，一个个地问，几天过去了，那些朋友要么没时间，要么有安排，好不容易有人可以参与，唱得却无法走心。一首歌那么难唱吗？走心点唱会死吗？他想到这里很难过，这些年，他都是寄人篱下，所谓寄人篱下不只是因他住的房子，更重要的是他没有了自己乐队，没有固定的酒吧，总是在别人乐队吉他手有事的时候才能去补充一下。**生活这条路，他渐行渐远，走得默默无闻，走得毫无脾气**。想到这里，他更加难受了，一个人在家，看着谱子，只是难受，却无能为力，忽然，他站了起来，看着天花板，像是想起什么，然后又放弃一般坐了下来，接着又鼓足勇气站了起来，终于他喊了出来：我要把他们一个个都找回来！

他拿起手机，一个个拨通了电话，一个个寒暄了几句，却不知道如何开口，他只是说，最近有空吗？想去见见你，不知道你那边方便与否？

小刚说好啊，刚好没事，快来吧，想死你了。王旭说随便，反正我一直在网吧。萧潇冷冷地说，最近太忙，业务太多，你来我公司我们用间隙时间见见吧。

于是，阿瓜踏上了去见老同学的路，五年了，他们过得好吗？我们第一句话会怎么样？他们会答应我吗？

阿瓜坐了三个小时的车，到了小刚家，小刚已经结婚，新娘是一个胖胖的女人，一开始笑嘻嘻的，后来一听是来找小刚唱歌的，就把端来的水重重地放在桌子上，然后转身离开。

小刚无奈地摇摇头，说，为了音乐，被媳妇不知道骂了多少次了，她说那份职业不正经，琴也在那次和她吵架的时候被砸啦，你也不想看到我离婚吧。

告别小刚，他找到了王旭，在一个网吧的角落里，阿瓜看到了蓬头垢面胡子拉碴的他。他仿佛已经打了很久的游戏了。阿瓜进来时，王旭抬头瞥了一眼，然后继续玩着游戏，阿瓜说明了来意，王旭才按了暂停键，说了一句：阿瓜，我们长大了，你还那么幼稚吗？

阿瓜：如果这就是幼稚的话，那我就幼稚了。

王旭站起来，点了那盒烟中的最后一根：阿瓜，你知道，我和萧潇为什么分手吗？

阿瓜摇摇头。

王旭：因为我爸让我接管网吧，她妈让她回家，她为了留在我身边和她妈妈吵翻了，而我不敢和我父亲吵架，只能妥协了，你知道为什么吗？

阿瓜继续摇摇头。

王旭说：就因为所谓狗屁梦想，我连我爸得了癌症都不知道，我梦想什么啊？阿瓜，梦想在现实面前，一文不值，忘掉音乐吧，好好生活不行吗？

阿瓜愣住了，一句话也说不出来。他起身离开时，一句话也没说，头也没回，因为他明白，回不去的，是流年。

当天，他坐了一晚上的火车到了北京。第二天一大早，到了萧潇的办公室。见萧潇要预约，他等了很久，才让他进了办公室。萧潇一头短发，桌子上厚厚的文案，她习惯性地起身伸手，然后套路一般地问候：好久不见。

寒暄了几句后，阿瓜说明来意。

萧潇脸上的笑容忽然没有了，她冷冷地说：我已经不玩音乐好多年了，算了吧，我们都长大了，都有自己的生活，是吧？

阿瓜说：一点也不愿意尝试了吗……就当为了我们？

萧潇忽然变得很严肃，说：没有我们了，只有你和我，还有他们。从他决定放开我的刹那，就没有我们了，只有我和那个自私的家伙。

阿瓜：萧潇，我前些时间，才知道你们发生的事情。

萧潇冷笑一下。

阿瓜：萧潇，你知道王旭的爸爸得了癌症吗？

萧潇愣了一下：什么时候的事情？

阿瓜：就在毕业那年。

萧潇明显震惊了，可又勉强地笑了一下：那……跟我有什么关系，都过去了，阿瓜，回去吧，我不会去的。

阿瓜说：所以就这样了吗？

萧潇说：这些年，我逐渐明白，你们男人的话，不能信，女人要靠工作去取悦这个世界，至于男人，一点也不重要。音乐对现在的我来说，也不重要了吧。

阿瓜：那什么重要呢？工作，钱，地位？

萧潇没说话，把头侧了过去。

阿瓜这一行，彻底失败了，回家的路上，他看着窗外的霓虹灯，忽然明白，回不去了，真的，永远回不去了。既然无法回去，就只能勇敢地面对。这首歌，就算一个人，也要唱完。

几天后，他在家里调弦，翻谱，弹奏。

忽然有人敲门，当当当。

阿瓜以为是快递：放门口吧，谢谢。

门继续响，他踱步打开门，说：我说了放……

门口站着的，是小刚，他以标志性的笑容看着阿瓜：兄弟，我陪你一起参赛吧。

阿瓜忽然泪奔，冲过去用力抱着小刚，两人紧紧拥抱，像要把世界抱住。

8

这些年，小刚放弃了当键盘手，毕业后第一年，小刚就经人介绍结了婚，新娘不美，但很温柔，不过，那都是结婚前。结婚后，新娘不仅不再温柔，还更加暴力。小刚一次生气，跟老婆打了起来，可惜没打过，他被重重地打倒在地。从此，他在家里百依百顺，至于琴，只能偷偷弹。他曾经试过跟老婆弹琴，被老婆臭骂一顿，毕竟，弹琴不赚钱。后来他偷偷地跟人一起出去弹奏，回到家被发现，琴被砸掉，老婆伤心地要离婚，其实小刚老婆并不是不支持他弹琴，只是不想他欺骗自己，而小刚却以为老婆不喜欢他弹琴，琴一放就是三年。

从阿瓜走后，小刚的梦想被点燃。他闷闷不乐，一直不说话，就算笑，也只是硬着头皮。

有天，小刚老婆发了工资，给小刚买了一部新手机，笑嘻嘻地走在了小刚的面前，说：老公，猜猜是什么？

小刚叹气，终于说出了憋在心里的话：老婆，你让我去好吗？

小刚老婆叹了口气，似乎明白了什么：如果我不让你去，你是不是会恨我？

小刚：这是我的梦想，我们的梦想。

小刚老婆叹了口气，站起来，看了一眼小刚，刚想要发作，又思考了许久，终于说：把手机卖了……

从口袋里拿了一个信封，说：这是家里全部收入，去买新的键盘吧。

小刚站起来拥抱着老婆，老婆紧紧抱着他，轻轻拍着他的肩膀。小刚像个孩子一样，抱着自己的老婆，一直说着谢谢。几天后，他买了新琴，来到了阿瓜家。

分别五年，终于，他们又在一个屋檐下唱起了歌。此时，他们离比赛，只剩一个月。一个月里，小刚请了两次假，有一次请了三天，一次请了一天，好在，他们用剩下的时间，排练出了那首一直想唱的作品。他们在录音棚，当录完后，他们听着成品，相对而笑。

阿瓜：小刚，明天就比赛了，你紧张吗？

小刚：不紧张，只要和你一起唱歌，其他的不重要，储藏室又回来了！

阿瓜：是啊，他们两个要是还在就好了。

小刚：别想了，来，我们一起再唱一遍：

校门口的小店

学生无忧虑的脸

想起那时候与你最美的邂逅

在学生宿舍楼下宿管责骂你晚归的场景

曾经很厌倦

如今却觉得很亲切

我知道世界不会回去

就像人终究会老去

但我心里始终有你

像一无所有时爱你

曾经的爱情　曾经的朋友　曾经的梦想　不曾远去

清晨的光明

仍是我追逐梦的原因。

独自加班的夜

你是否很疲倦

黑夜充斥我双眼

想起你的笑颜

以为幸福是山珍海味如今恍然发现

原来幸福是

在学校与你共餐的小店

我知道世界不会回去

就像人终究会老去

但我心里始终有你

像一无所有时爱你

曾经的爱情 曾经的朋友 曾经的梦想 不曾远去

清晨的光明

仍是我追逐梦的原因。

第二天，他们来到赛场，走到后台。

小刚：你紧张吗？

阿瓜：有一点，你呢？

小刚：我不紧张。

阿瓜：为什么？

小刚：你记得大学时有一次你跟我说过的话吗？如果我们不能出名，不能富裕，就当唱给自己听吧。

阿瓜说：好，那，就唱给自己听吧。

他们说着，一个声音，从音响中传来：接下来有请储藏室乐队，表演曲目：《回不去的流年》。

两人上台，看着空空的比赛场地，只坐着三位评委。

评委：你们为什么叫储藏室乐队？

阿瓜：因为，那是我们的青春。

评委：你们乐队……只有两个人吗？

阿瓜有些尴尬没说话，小刚微笑着，也没说话。

评委：那，你们为什么要来这个舞台，你们的梦想是什么？

阿瓜刚准备说话，小刚忙说：我们的梦想，是唱歌给自己听，给爱的人听。

评委露出一丝轻视：那，你们爱的人，在听吗？

小刚坚定地说：他们在听。

评委：好，开始你的表演。

灯光开，音响开，阿瓜打开麦克风，小刚先打开琴，音乐带入，歌声起……

第二遍，阿瓜看评委脸上没有表情，刚准备更深入地唱，忽然，听到一个声音，从音响里传来，顺着线，他惊奇地发现，后台有一个声音，拿着麦克风走来，那个姑娘一米七的身高，穿着正装，一步步走向舞台的中心。

是萧潇，萧潇来了。

萧潇一边唱，一边和阿瓜打招呼，小刚只是在笑，傻了吧唧地笑。

萧潇这些年，虽然混得不错，但并不开心，每天早出晚归甚至被领导骂，她的手机壳一直放在身边，上面刻着储藏室，无助的时候，会想到那几个兄弟。

小刚请假，就是背着阿瓜去了北京，他费尽周折找到了萧潇。那天晚上，萧潇在领导办公室，被领导劈头盖脸骂，她沮丧地回到办公室。门口，站着小刚。他拿着一张乐谱，笑着。

小刚：你可以不来，但我们一直等你，这是我们的梦想，也一直等你。

萧潇低头，忽然流泪，抬头看着小刚，点点头。

小刚笑着，点点头。

一天后，萧潇买了火车票，请了假，来到了舞台。

阿瓜在舞台上，看到萧潇，再看了一眼小刚，忽然明白了什么，从座位上起身，弹着吉他，配合着这位五年未见的主唱。

接着，他们一起合唱：

独自加班的夜

你是否很疲倦

黑夜充斥我双眼

想起你的笑颜

以为幸福是山珍海味如今恍然发现

原来幸福是

在学校与你共餐的小店

结尾处，忽然现场响起了电吉他声。一个短发的男生，精干利索，拿着电吉他一步步走了上来。仔细一看，是王旭。王旭用眼神和他们打了个招呼，然后看着阿瓜，笑了一下。接着，他用情地弹着吉他，像是在用灵魂演奏一般。

阿瓜震惊地看着他，忽然，两行泪夺眶而出。

两周前，小刚找到了王旭，在他的网吧桌上放下了一张谱子，说：按照我们老规矩，谱子写给你了，来不来，看你了。

王旭没说话，呆呆地看着这张谱子。

小刚转身，刚准备离开，王旭忽然起身，拍着桌子说：等等。小刚微笑点头。

王旭说：小刚，我去。

小刚知道，王旭的心里，一直有一个音乐梦，那个梦，是他的全部。

我知道世界不会回去

就像人终究会老去

但我心里始终有你

像一无所有时爱你

曾经的爱情 曾经的朋友 曾经的梦想 不曾远去

清晨的光明

仍是我追逐梦的原因

音乐到最后，阿瓜的脸上已经分不清是泪水还是汗珠，他用情地弹着，仿佛回到毕业典礼现场，那四个年纪轻轻却一无所有的人，他们一起，唱着那首关于青春的歌。

阿瓜忽然想起小刚曾经说过的那句话：如果他们敢退出，我就去他们家，捏着拳头，跪着把他们一个个都请回来，哈哈哈哈。

想到这里，他忽然笑了，笑得很开心，直到歌曲结束，直到灯光熄灭，他忽然明白：**青春一直在，流年从未走，只要，你还愿勇敢地去歌唱。**

（音乐起——）

校门口的小店
学生无忧虑的脸
想起那时候与你最美的邂逅
在学生宿舍楼下宿管责骂你晚归的场景
曾经很厌倦 如今却觉得很亲切

我知道世界不会回去
就像人终究会老去
但我心里始终有你
像一无所有时爱你

曾经的爱情 曾经的朋友 曾经的梦想
不曾远去清晨的光明
仍是我追逐梦的原因

独自加班的夜
你是否很疲倦
黑夜充斥我双眼
想起你的笑颜
以为幸福是山珍海味
如今恍然发现
原来幸福是
在学校与你共餐的小店

我知道世界不会回去
就像人终究会老去
但我心里始终有你
像一无所有时爱你

曾经的爱情 曾经的朋友曾经的梦想
不曾远去清晨的光明
仍是我追逐梦的原因

《我们，江湖未有期》随书附赠

扫描进入"龙影部落"的江湖世界
可获取微电影《回不去的流年》
看片及签售会通知

/